KB213196

나의 하루는
병원에서 시작된다

나의 하루는
병원에서 시작된다

초판 1쇄 인쇄 2025년 04월 15일
   1쇄 발행 2025년 04월 30일

지은이 김민규
대표·총괄기획 우세웅

책임편집 장보연
표지디자인 김세경
본문디자인 이선영

종이 페이퍼프라이스㈜
인쇄 ㈜다온피앤피

펴낸곳 슬로디미디어
출판등록 2017년 6월 13일 제25100-2017-000035호
주소 경기 고양시 덕양구 청초로66, 덕은리버워크 지식산업센터 A동 15층 18호
전화 02)493-7780 **팩스** 0303)3442-7780
홈페이지 slodymedia.modoo.at **전자우편** wsw2525@gmail.com

ISBN 979-11-6785-259-5 (03810)

글 ⓒ 김민규, 2025

초보 의사가 전하는 고군분투 인턴 생활의 생생한 기록!

나의 하루는
병원에서 시작된다

지나고 보니, 모든 고민은 의사로서의 길이었다.

설렘

의사가 되었다는 기쁨은 찰나였다. 병원의 0년 차로 들어가는 날이 다가올수록 가슴은 긴장감으로 조여왔다. 면허를 갖고 있다는 책임을 다해야 한다는 생각이 몸을 짓눌렀다. 조금이라도 불안감을 줄이기 위해 공부했던 책들을 다시 보고, 새 책을 사서 읽었다. 그러나 책에서는 오로지 딱딱한 내용과 인턴이 환자를 잘못되게 한 실수만 눈에 들어왔다. 예시를 읽을수록 불안감이 떨쳐지기는커녕 역효과가 나기 시작했다. 머릿속에 똑같이 시뮬레이션해보고 나라면 저런 실수를 하지 않았을까에 대해 수없이 고민했다. 인턴 때는 어떤 일을 겪게 되는지 생생한 이야기를 알고 싶었다. 또다시 책을 찾아보았지만, 이미 베테랑이 된 의사들의 이야기뿐이었다. 나 같은 초보 의사의 이야기를 담은 책이 있었으면 좋겠다는 바람은 내가 직접 써야겠다는 생각으로 바뀌었다. 지나가면 사소한 일이, 당시에는 절대 그렇지 않은 일일 수 있다. 인턴 때, 인턴이 겪은 생생한 일들을 기록해 남기고 싶었다.

없는 시간을 쪼개어 머리를 자르러 갔다. 졸린 몸을 푹신한 의자에 앉히고 나니, 그대로 잠이 들었다. 머리카락이 기분 좋게 잘리는 사이로, 머리칼을 툭툭 털어내는 스펀지를 든 손이 느껴졌다. 눈을 떠 거울을 바라보았다. 당당하게 머리를 자르는 미용사와 그 밑의 견습생이 눈에 들어왔다. 마치 그 둘의 실력 차이를 대변하는 것처럼, 옷의 차림새부터가 달랐다. 그리고 스펀지로 환자의 머리카락을 닦아내랴, 머리 자르는 교수님의 가위와 손에 닿지 않으랴 전전긍긍하는 그 눈빛을 보았다. 환자? 교수님? 마치 나를 보는 것 같아 갑자기 마음이 짠했다. 수술방에서 내가 존재하지도 않는 것처럼 진행되는 수술과 그 사이에서 어떤 일을 해야 할지 몰라 이것저것 당겨보고, 눈치를 보는 내 모습이 여기서도 보였다. 결국 다 같은 마음일 수 있겠구나 싶었다. 내 글이 어쩌면 의사가 아닌, 나와 같은 사회 초년생에게도 힘이 될 수 있겠다는 생각이 들었다.

이 글에는 내가 느꼈던 것을 독자분들도 느낄 수 있게 내가 겪은 일화를 최대한 사실적으로 담았다. 또한 절대 실제 환자분에게 피해가 가면 안 된다는 마음을 염두에 두었다. 이 글을 읽고 내가 사회 초년생으로서 미처 준비하지 못했던 많은 것을 독자분들은 대비할 수 있기를 바란다.

차 례

PART 1

사회 초년생
김민규

의사 아버지,
의사 아들

"이게 우리 인생과 똑같단다. 상처를 입고, 그것을 치료하고 난 다음엔 지금보다 더 나은 인생을 생각하는 것. 내가 하는 일이 우리 삶과 같다고 느낀단다."

중학교 1학년, 같은 반 친구와 주먹다짐을 하다가 찢어진 내 입술을 꿰매 주며 아버지께서 하신 말씀이다. 그때처럼 아버지의 얼굴을 가까이에서 마주한 적이 있었을까? 코에 닿을 듯 가까이 온 아버지의 목소리가 그날 유난히 똑똑히 들렸다. 아버지는 의사다. 어린 나이에 그 말씀이 무슨 뜻이 었는지 자세히는 몰랐지만 아픈 사람을 치료하고 그들이 일상에서 다시 꿈꿀 수 있게 하는 그 직업이 고귀해 보였다. 그날 이후 난 아버지의 뒤를 이어 의사가 되기로 결심했다. 나는 아픈 사람들을 치료하고, 그들이 상처를 회복한 뒤 멋진 인생을 살 수 있도록 도울 것이다. 그것이 내가 생각하는 이 직업의 가치다.

"1번부터 5번까지 밖으로 나와서 대기해 주세요."

웅성거리던 면접 대기실이 일순간 쥐죽은 듯 조용해졌다가 호명받은 사람이 나가자 마치 라디오 볼륨을 서서히 높이듯 말소리가 서서히 커졌다. "아, 너무 떨려.", "숨도 못 쉬겠다.", "잘 봐." 각자 저마다의 긴장을 쏟아내며 서로를 격려했다. 대부분 자신이 졸업한 학교의 병원에서 면접을 보는 것이 일반적이었기에 나를 제외하고 서로 다 아는 사이였다. 하지만 난 응원해 줄 사람도, 위로해 줄 사람도 없었다. 난 중증 환자에 관심이 있었기에 내가 졸업한 학교가 아닌 다른 곳에 지원했다. 그 때문에 혼자 이 시간을 견뎌야 했다.

정장이 유난스럽게 온몸을 꽉 조였다. 평정심을 유지하려

노력했지만 심장은 그렇지 못했다. 쿵쾅거리며 뛰는 심장 소리가 내 귀에 들릴 정도였다.

"15번부터 20번까지 나와서 대기해 주세요."

드디어 내 차례가 임박했다. 나를 포함한 5명은 자리에서 일어나 문밖으로 나섰다. 졸라맨 넥타이가 목을 더 조여 오는 것 같았다. 걸음을 내딛는 발끝까지 신경이 쓰여 걸음걸이가 부자연스럽다는 생각이 들었다.

복도의 차가운 공기가 온몸을 짓누르는 듯한 압박감에 휩싸였다. 잠시 뒤 나를 호명하는 소리가 들렸고 자리에서 일어나 천천히 또박또박 면접장으로 향했다. 살아오면서 나름대로 많은 면접을 봤지만 그날의 공기는 아직도 잊히지 않는다.

우리는 늘 타인의 선택을 받으며 살아간다. 수능 점수로 선택을 받고, 면접도 그렇다. 하지만 면접자도 선택하는 것이다. 이곳이 나에게 충분한 보상과 편의를 제공하는지, 나와 같이 일하게 될 사람들은 누구인지 평가하는 자리이기도 하다. 면접은 늘 떨릴 수밖에 없지만 조금만 생각을 달리하면 긴장을 늦추고 자신감 있는 태도로 임할 수 있다. 그날 난 그런 자세로 임하려 했다.

17번!
김민규입니다!

"안녕하십니까! 면접번호 17번 김민규입니다!"

최대한 당당하게 보이고 싶었다. 혼자 들어선 면접장엔 6명의 면접관이 일렬로 앉아 나를 맞이했다. 아니 '맞이'보다는 쏘아보았다는 표현이 더 맞을까? 안경 너머로 보이는 그들의 눈매는 하나같이 날카로웠다. 나를 평가할 서류를 조용히 넘기며 날 살폈다.

첫 질문이 날아왔다.

"스스로 리더십이 있는 사람이라고 생각합니까?"

듣자마자 고민이 되었다. 리더십이 있다고 바로 이야기를 하면 건방져 보일 것 같고, 없다고 하면 자신감이 없어 보일 것 같았다. 하지만 깊이 생각할 여유는 없었다. 생각나는 대로 이야기를 했다.

"네. 저는 있다고 생각합니다. 임상 실습생 대표를 맡아 1년 동안 동기들과 여러 일을 해보며 설령 제가 부족했더라도 동기들의 역량을 끌어올릴 수 있었습니다."

면접관이 고개를 끄덕이고 서류의 다음 장을 넘겼다. 무슨 생각을 하고 있는 건지 전혀 읽히지 않았다. 불안했다. 또 다음 질문, 그리고 나의 대답이 잠깐의 정적을 두고 이어졌다.

이제 면접은 마지막 질문을 남겨두고 있었다. 숨 가쁘단 표현을 이럴 때 쓰는 것일까? 영원 같던 7분이 어느새 흘러갔다. 7분 뒤면 내 운명이 판가름 날 것이다. 잠시 정적이 흐른 뒤 한 면접관이 입을 열었다.

"병원은 수련의 공간입니까? 아니면 노동의 공간입니까?"

이미 정답이 정해진 질문이었지만 짧은 시간 동안 내가 왜 이 일을 하려 하는지 다시 생각해 봤다. 그 순간, 수백 번도 더 보았던 〈히포크라테스 선서〉가 떠올랐다.

히포크라테스 선서

이제 의업에 종사할 허락을 받음에.

나의 생애를 인류봉사에 바칠 것을 엄숙히 서약하노라.
나의 은사에 대하여 존경과 감사를 드리겠노라.
나의 양심과 위엄으로서 의술을 베풀겠노라.
나의 환자의 건강과 생명을 첫째로 생각하겠노라.
나의 환자가 알려준 모든 내정의 비밀을 지키겠노라.
나는 의업의 고귀한 전통과 명예를 유지하겠노라.
나는 동업자를 형제처럼 여기겠노라.
나는 인류, 종교, 국적, 정당, 정파 또는 사회적 지위 여하

를 초월하여 오직 환자에 대한 나의 의무를 지키겠노라.

나는 인간의 생명을 그 수태된 때로부터 지상(至上)의 것
으로 존중히 여기겠노라.

비록 위협을 당할지라도 나의 지식을 인도에 어긋나게 쓰
지 않겠노라.

이상의 서약을 나의 자유의사로 나의 명예를 받들어 하노라.

중학생 시절 아버지가 입술을 꿰매주시며 말씀하신 것이
떠올랐다. 그날 난 내 미래를 정했다. 아버지와 같은 사람이
되고 싶었다. 어려운 사람들, 아픈 사람들을 위해 일하고 그
들이 행복한 삶을 살 수 있도록 돕고 싶었다. 이런 생각이 들
자 머릿속이 편안해졌다. 심호흡을 한 후 입을 열었다.

"병원은 환자에 대한 전문적인 치료와 사회에 필요한 전
문의를 양성하는 데 그 목적이 있습니다. 전 이곳에서 수련을
받고 노동을 통해 많은 사람을 돕는 의사가 되고 싶습니다!"

질문을 했던 면접관이 아주 잠깐 미소를 지었다. 그리고

끝났다. 인사를 하고 면접장 철문을 열고 나왔다. 그곳엔 수험번호 18번이 아까의 나와 같은 표정으로 순서를 기다리고 있었다.

지금도 힘들거나 어려울 때면 이날을 머릿속에 떠올리곤 한다. 사람이란 존재는 잘되면 늘 초심을 잃기 마련이다. 초심을 잃고 무너지는 사람들을 많이 보아왔다. 잠깐의 달콤함을 얻기 위해 그들은 끝내 유혹과 타협하곤 한다.

물론 나도 그렇다. 조금 더 자고 싶고, 울려대는 호출 소리를 외면하고 싶을 때도 있다. 하지만 그 부름이 누군가에겐 간절함일 수도 있기에 오늘도 주저 없이 가운을 입고 문밖을 나선다.

합격자 명단에
내 이름이?

    2주 뒤, 드디어 합격자 발표 날이었다. 아침부터 다시 면접 당일과 같은 긴장감이 들었다. 집안 분위기는 평소와 같은 분위기를 유지하려고 했지만 모든 신경이 나에게 쏠려있는 것이 느껴졌다. 자리에 앉아 컴퓨터 전원 버튼을 눌렀다. '위잉' 하며 컴퓨터 전원이 켜졌고 곧바로 병원 홈페이지로 접속했다. 공지 사항에 인턴 합격자 발표 게시물이 'new'라는 붉은색 글씨로 떠 있었다. 마우스 커서를 이동해 게시글을 클릭했다. 마우스를 쥔 손가락에 힘이 들어갔다.

    화면이 잠시 하얗게 변하며 합격자 명단이 나왔다. 수험번호가 일렬로 죽 늘어서 있었다.

'10234'

'10234'

속으로 수험번호를 외우며 빠르게 눈으로 훑어 내려갔다.

'10234!'

찾았다! 수험번호가 있었다! 눈을 비비고 다시 봐도 있었다. 뛸 듯이 기뻤다. 가족들과 기쁨을 나누고 방에 돌아와 다시 한번 합격자 명단을 봤다. 분명히 내 수험번호가 쓰여 있었다.

이제 인턴이 되었다. 마치 산처럼 거대한 문 앞에 서 있는 느낌이 들었다. 기분은 날아갈 듯 좋았지만 그만큼 두려운 마음도 컸다.

'내가 과연 잘 해낼 수 있을까?'

'혹여나 실수해서 환자에게 피해를 입히지 않을까?'

하지만 이내 그런 생각들을 지웠다. 일어나지도 않은 일을 미리 걱정하는 것만큼 어리석은 것은 없다고 생각했기 때문이다. 그저 주어진 지금에 최선을 다하면 되는 것이다. 최선을 다해도 되지 않을 땐 차선을 생각하면 된다. 절대 실패나 포기를 생각하지 않을 것이다.

인턴이라면 누구나 처음 배정받은 과가 '응급의학과'가 아니길 바란다. 다가오는 3월부터 난 모두가 인턴 첫 번째 과로 배정받기를 기피하는 응급의학과로 출근한다. 이제 시작이다. 한번 부딪혀 보자!

가운의 무게

매달 소속 과가 바뀌기 전, 인턴은 해당 과에서 어떤 일을 해야 하는지 적혀 있는 인계장을 받게 된다. 응급실은 생과 사의 최전선에 있는 과이기에 몇 장 되지 않는 다른 과에 비해 한 권의 책과 같은 인계장을 받았다. 인계장을 손에 드니 그 무게만큼이나 묵직한 책임감이 느껴졌다. 집으로 돌아와 첫 장부터 꼼꼼히 읽어 내려갔다.

그렇게 반쯤 읽었을까? 밤 9시경, 핸드폰에서 메시지 알림이 울렸다. 확인해보니 응급의학과 전공의 중 가장 높은 선생님이 인턴 대화방에 메시지를 남긴 것이었다.

이야기할 것들이 있으니

시간 되는 사람은 응급실로 와요.

부담 갖지 말고.

'응급실'과 '부담 갖지 말고'라는 단어가 묘하게 어울리지 않았다. 메시지를 보는 순간 이미 부담이 생겨 버렸다. 옷장에서 황급히 옷을 찾아 입고 응급실로 향했다. 부담을 갖지 말라 했으니 아마 동기들이 많이 모여 있지는 않을 것이라는 생각이 들었다. 눈도장을 찍을 수 있는 기회이기도 했다. 응급실로 향하는 동안 별별 생각이 머리에 떠올랐다.

'대체 무슨 이야기를 하려고 야밤에 오라고 할까?'

'설마 이렇게 근무가 시작되는 건가?'

'병원 응급실 출입증도 없는데 어떻게 들어가지?'

오만가지 생각이 머릿속을 뒤덮고 있었다. 택시를 타고 가면 30분 거리, 총알같이 응급실로 향했다.

도착하니 이미 4명의 동기들이 먼저 와 있었다. 다같이 머리를 맞대어 보아도 왜 부르셨는지 통 답이 나오지 않았다. 등에 땀이 흐르기 시작했다.

동기들과 함께 노크를 하고 응급실 깊은 곳, 조용한 회의실 안으로 들어갔다. 안에는 등받이 의자 5개가 마련되어 있었고 그가 있었다. 그 옆으로 우리는 둥글게 모여 앉았다. 선생님은 의과대학 만학도로 우리보다 훨씬 연장자였다. 사회생활까지 하다가 의사로 전향을 했다고 했다.

"자, 각자 자기소개해 볼까?"

5명이 모두 얼떨떨한 상태로 자기소개를 마치자, 그는 다시 말을 이어 갔다.

"다름이 아니라 오늘 여러분께 이야기해 줄 것이 있어서 이 밤에 긴급히 호출하게 되었습니다. 오늘 내가 여러분께 당부하고 싶은 말은 여러분은 더 이상 '학생'이 아니라는 것입니다. 이제 여러분들 손에 누군가는 운명을 달리할 수도 있고, 또 누군가는 죽음으로부터 벗어날 수도 있습니다. 응급의학과는 그 삶과 죽음의 최전선에 있는 과입니다. 잠깐이라도 다른 생각을 하는 순간 누군가의 아버지가, 누군가의 형이, 누군가의 부인이 명(命)을 달리할 수 있습니다. 의료 사고는 3월 초짜 의사라고 해서 봐주는 것 없습니다. 알겠죠?"

가슴에 뭔가 묵직한 것이 얹힌 느낌이었다.

"자, 이제 여러분들이 터뜨릴 수 있는 사고 몇 가지를 예시로 들겠습니다."

그리고 그는 옛날이야기를 들려주는 선생님마냥 천천히 이야기를 이어 나갔다. 인턴이 동맥혈 채혈 중 실수하여 손으로 가는 혈류에 문제가 생긴 이야기, 코에 위관을 무리하게 넣은 후 확인을 하지 않아 환자가 식물인간이 된 이야기, 인턴의 초진 오류로 인해 진단의 방향이 완전히 바뀌어 골든타임을 놓친 이야기. 분위기는 순식간에 차가워졌다. 그는 다시 입을 열었다.

"여러분, 지금 마음이 무겁죠? 실수할까 두렵죠? 그것이 의사가 지닌 숙명입니다. 그런 마음이 주변을 떠나지 않습니다. 머리는 늘 차가워야 합니다. 여러분이 귀찮아서, '그냥 잘 되겠지' 하는 마음으로 응급환자를 본다면 그 사람은 이미 죽은 목숨이나 다름없습니다. 최선을 다해 주세요."

처음엔 이 야밤에 불러서 왜 이런 끔찍한 이야기를 하는지 싫기도 했다. 하지만 그의 이야기를 듣다 보니 모두 맞는 이야기라는 생각이 들었다. 지금 내가 여기 있는 이유는 프로의 영역에 발을 디뎠기 때문이다. 단순히 '제가 처음이라서', '인턴이어서'라는 변명은 필요 없는 것이다.

'나약해지지 말자.'

그날 밤 집으로 돌아와 이와 같은 결심을 수없이 되뇌며 잠들었다.

PART 2

이제
시작이다!

3월에는 대학병원
가지 마라

대학병원 내에는 '3월에는 대학병원 가지 마라'는 말이 있다. 매년 3월은 대학병원 의료진들의 교체가 일어나는 시기라 의과대학을 이제 막 졸업한 인턴들이나 간호대학을 졸업한 간호사들이 병원에 본격적으로 투입이 되기 때문이란다. 듣고 보니 조금은 씁쓸하기도 한 말이다. 그러나 한편으로 어느 정도는 인정할 수밖에 없었다.

스물한 살. 해부용 시신인 카데바를 접하게 되었다. 그날의 기억이 아직도 생생하다. 시퍼렇게 날이 선 메스로 가슴을 열고 피부와 근육, 신경 하나하나까지 해부를 했던 기억이 손끝에 남아있다. 그 후 4년을 꼬박 공부하고 난 후에야 살아 있는 인체와 맥박, 감촉까지 최대한 비슷하게 만든 마네킹을 만질 수 있었다.

마네킹은 아파하지 않는다. 내가 찌른 바늘 자국이 마네킹 혈관에 수백 개 남아 있을 것이다. 이런 게 나로 하여금 진짜 환자에게 다가가기 힘들게 만든다. 이미 아파서 온 사람에게 작거나 큰 새로운 고통을 또 주어야 한다는 사실 말이다. 의사를 양성하는 곳에서도 이런 고충을 잘 알기에 나를 6년이란 시간 동안 머물게 했을 것이다.

그러나 모형을 아무리 잘 만들어도 모형일 뿐, 실제와는 너무나도 다를 것을 잘 알고 있다. 3월 1일, 막상 실전에 바로 투입되려니 아직 준비가 너무 부족한 것 같다는 생각이 들고 두려웠다.

'3월엔 대학병원에 가지 마라'라는 소문의 진원지가 나와 같은 인턴들에게 있다고 생각하니 씁쓸한 마음을 감출 수 없었다. 떨리는 건 동기들도 마찬가지였다. 그래서 우리는 투입되기 바로 전날 주삿바늘을 구해 서로에게 연습 해 보기로 했다. 우리가 흔히 아는 채혈 주사는 정맥에서 혈액을 채취하는 것이다. 인턴이 하게 될 채혈은 동맥주사로 정맥 채혈보다 많은 고통을 줄 수 있고 채혈이 쉽지 않다. 동기가 자신의 팔을 내줬다.

"자, 찌른다."
"어, 알겠어."

주사를 놓기 전 짧은 통보를 던지곤 바늘을 찔러 넣었다. 그녀는 순간 눈을 찡그렸다. 실패였다. 실제 인체와 카데바는 다를 수밖에 없었다. 열심히 요골동맥을 찾았지만 끝내 찾지 못했다. 이번엔 그녀의 차례다. 그녀 역시 실패다. 제대로 찾지 못한 길은 손끝부터 손목까지 뻐근한 통증을 남겼다. '어쩌지? 내일 동맥에 찔러야 하는 오더가 내려오면 어떡하지?'

두려웠다. 그토록 바라던 순간이었지만 전에 없던 두려움이 온몸을 덮쳤다. 그날 난 오래도록 잠을 이루지 못했다.

영원과 같은 1초

"인턴 선생님! 2구역 ○○○님 ABGA(동맥혈가스검사) 있어
요!" 아니나 다를까 출근 첫날, 교대를 한 지 몇 분 되지 않
아 어제 실패했던 동맥 천자 오더가 떨어졌다. 다급한 목소리
가 가슴을 철렁 내려앉게 만들었다.

심호흡을 크게 한번 하고 의료용 마스크를 썼다. 알코올
솜과 동맥 천자 전용 주사기를 들고 환자에게 다가갔다. 이
제 마흔이나 되었을까. 건장한 체격의 그는 숨 쉬는 것이 힘
들어 보였다. 험상궂은 그의 인상이 더욱 찡그려졌다. 그에게
다가갈수록 심장의 박동이 점점 커졌다. 왜 이곳은 이토록
심장이 떨릴 일밖에 없는가. 그의 옆에 서서 검사가 필요한

이유와 부작용의 위험에 대해 고지했다. 그리고 지금 할 동맥 천자가 정맥 채혈보다는 더 아프다고 알렸다. 모르는 것보다 알고 맞으면 조금 더 나을 것이란 생각이 들었다.

안내가 끝난 뒤 손끝을 세워 그의 팔뚝에 댔다. 쿵쿵 뛰는 환자의 맥이 느껴졌다. 찾았다. 천천히 주사기를 그의 피부 위에 얹었다. 그리고 서서히 힘을 줘 밀어 넣었다. 주사기의 날카로운 부분이 피부 속으로 사라지며 그의 표정이 일그러졌다. 피부 속으로 사라진 주사기가 아무런 반응이 없다. 등줄기에서 식은땀이 흘렀다. 영원과 같은 1초가 지났다.

그 순간, 붉고 짙은 피가 주사기를 밀어 올리며 주사기 안으로 가득 차올랐다. 피가 이렇게 반가울 줄이야.

"환자분 고생하셨습니다."

내가 말을 건네자 그가 미소를 지으며 답했다.

"감사합니다."

고작 피 1.5cc를 뽑은 것이지만 처음으로 '의사'가 된 기분이었다. 지금은 동맥 천자를 백 번 이상 해보았다. 이제는 주사기를 들고 갈 때 식은땀도 흐르지 않고, 두근거림도 느끼지 않는다. 처음 찌를 때 느끼던 망설임도 없다.

무엇을 하든 기본이 중요하다. 예전에 복사를 처음 할 때가 생각난다. 처음 보는 기계에 어디에 종이를 넣어야 할지 난감했던 기억이 난다. 처음이 어렵다. 처음이기에 모르는 것이 당연한 것이다. 그렇게 우리는 매번 '처음'과 마주하며 익숙함을 배워 간다.

명심하자. '처음'이 없는 '결과'는 없으며, '아마추어' 없인 '프로'도 없다. 오늘도 그렇게 프로페셔널이 되기 위해 한 발을 내디뎠다.

1mm

응급실은 그야말로 전쟁터다. 사경을 헤매고 있는 환자와 울고 있는 보호자, 아직 진료를 받지 못하고 고통에 얼굴을 찌푸리고 있는 환자까지. 그야말로 아비규환이다. 인턴들은 이곳에서 12시간을 일하고 12시간을 쉬는 일상을 반복한다. 퇴근 후에 다시 복귀를 하면 교수님과 상급자 선생님들의 눈치를 살폈다. 수화기를 들고 있는 선생님의 표정이 일그러져 있는지, 너무 정신이 없어 눈빛이 흐려져 있지는 않은지를 본다. 그러면 적어도 내가 없던 사이 응급실에서 어떤 일들이 있었는지 조금이나마 느끼고 파악할 수 있었다.

그렇게 자리에 앉아 응급실 재원 환자 명단을 살피고 있으면 나도 금방 다른 의료진들처럼 때론 인상을 쓰고 때론 정신없어 보이는 표정으로 변한다. 그래도 12시간을 쉬고 온 내 표정이 쉬고 왔다는 것을 잘 보여주는지, 교대 시간이 넘으면 퇴근해야 할 인턴 동기가 아닌 나에게로 간호사 선생님들이 기가 막히게 일을 전달해 준다. 해야 할 일은 명함 크기의 반 정도 되는 흰 스티커에 쓰여 있다. 간호사 선생님이 그 스티커를 내게 붙여주며 할 일을 전달해 준다.

"선생님, 3구역 ○○○님 ABGA요! 급해요!"

이번 근무는 급한 동맥혈 채혈부터 시작되었다. 3구역은 호흡기 환자이다. 핏속의 산소 수치는 얼마인지 빨리 결과를 내기 위하여 신속하게 움직여야 한다. 자세를 잡고 환자에게 술기를 시작하려 할 때 다른 간호사 선생님이 내 왼쪽 팔에 또 다른 스티커를 붙이며 말했다.

"선생님 4구역 L-tube irrigation 있어요! 급해요!"
(코부터 위까지 연결된 관에 생리식염수를 넣어서 위를 세척하거나 내용물을 빼거나 하는 작업이다. 약물을 과다 복

용한 사람의 위를 세척하거나 토혈을 한 사람에게서 위 내

부에 출혈이 있는지 확인할 때 등 여러 상황에 사용된다.)

이렇게 모두 급한 검사라고 하면서 스티커를 붙이고는 바쁘게 사라진다. 전부 급하다고 할 때 나는 무엇부터 해야 할까. 무엇이 진짜 급한 일일까. 정말 급한 건 맞을까?

응급실에는 보통 80명 정도의 환자가 머물러 있다. 여기에서 생기는 모든 인턴의 일은 인턴 2명에게 맡겨진다. 한 사람당 40명의 환자를 맡고 있다 보니 벅찰 수밖에 없다. 발에 불이 나도록 뛰어다니고, 끊임없이 일을 하며 팔에 붙여진 스티커를 떼어내도 그 숫자가 줄지 않고 늘어만 간다. 한쪽 팔에 4개씩, 손등에 하나씩, 총 10개가 붙어 있을 때도 있다. 스티커 하나의 무게가 몇 톤은 되는 것 같다. 붙을 때마다 마음의 부담이 더해져 몸이 멈춰버릴 것 같았다. 한 번은 스티커를 붙이러 온 간호사 선생님이 내 팔에 새로운 스티커를 붙이러 왔다가 더 이상 붙일 곳이 안 보이자 돌아간 적도 있다.

그렇게 정신없이 일하던 어느 날 불현듯 응급실 출구가 눈에 들어왔다. 차라리 저 출구로 그대로 나가 나에게 아무 일도 맡겨지지 않았던 때로 돌아가고 싶었다. 근무복의 무게가 유달리 무겁게 느껴졌다. 출구에 비친 햇빛이 너무 싱그러워 보였다. 차갑고 정신없는 응급실의 모습과 상반되었다.

스티커 따위는 다 버리고 가벼워지고 싶다는 충동이 들었다. 무언가에 홀린 듯 나도 모르게 몇 발자국 출구를 향해 걷다가 이내 멈칫 몸을 세웠다.

못 할 수 있다. 그러나 포기하고 아무것도 하지 않는 것과 못 하더라도 하는 것은 큰 차이가 있을 것이란 생각이 들었다. 일하다 쓰러지더라도 그만둘 수는 없었다.

'아니다. 해보자. 일이 이기나 내가 이기나 해보자. 나는 할 수 있다. 나는 해낼 것이다.' 정답인지는 모르지만, 내 판단을 믿고 가장 급하다고 생각되는 것, 빨리 끝낼 수 있는 것부터 다시 스티커를 떼어낸다. 다시 내 몸에 붙여지는 스티커에 무너지지 않는다. 얼마나 시간이 지났을까. 그렇게 정신이 혼미해지도록 일을 하다 보면 어느 순간 내 팔에 붙은 스티커가 모두 사라진다. 아무도 내 몸에 무엇을 붙이지도, 나를 찾지도 않는다. 목에 걸려 내려가지 않던 잔가시가 내려가는 것 같다. 숨통이 트인다. 집으로 돌아와 12시간의 꿀맛 같은 휴식이 찰나처럼 느껴지는 깊은 잠을 잔다. 주 52시간 근무, 워라밸 같은 말은 내게 없었다. 생각할 여유가 없어 이런 삶에 대해 의문조차 갖지 못했다. 싹을 틔우던 떡잎도 잠에 빠지고 쉴 때가 있을까? 나 자신이 새싹과 같다는 생각이 들었다. 내가 뚫고 올라가야 할 땅이 단단하게만 느껴졌다.

하지만 땅에 금이 가고 있었던 것을 나만 느끼지 못했을 뿐이었나 보다. 대학병원 인턴은 매달 바뀌는 과를 돌며 매번 싹을 틔워 땅을 뚫는 과정을 거친다. 나는 응급실에서 생존했던 기억을 살려 다음 달, 또 다음 달을 넘어갔다. 힘겨움이 찾아오는 그 순간에 무너지지만 않으면 아픔은 언젠간 지나간다는 것을 응급실에서 배웠다. 그 아픔은 분명히 나를 성장시킬 것이다. 그렇게 1mm씩 커가는 하루를 버티어내고 있었다.

Visual loss, Epistaxis, High fever all in one!

각 과에서 보내는 1개월은 마치 폭풍과 같다. 어제 일이 터지면 오늘 다른 일이 연달아 터지곤 했다. 근무하는 12시간 동안 늘 폭풍 속에 있는 기분이었다. 또 한 가지. 고요는 더 큰 폭풍을 일으킨다. 이것이 인턴을 하며 배운 것이다.

응급실 문이 부서져라 열리며 환자용 침대가 밀려 들어왔다. 차트를 열어 봤다.

Visual loss(실명).

갑자기 눈이 보이지 않아 내원한 환자였다. 내가 초진

을 작성한 뒤 안구 기본검사를 마치고 안과에 연락해야 했다. 조금이라도 늦으면 그는 영영 사랑하는 사람도, 부모의 얼굴도 볼 수 없게 될지 몰랐다. 서둘러 움직여야 했다. 발을 옮기려는 찰나 또 하나의 신호가 떴다.

Epistaxis(대량 비강 출혈).

그 순간 얼굴이 하얗게 질린 중년의 남자가 옷 여기저기에 피를 묻히고 응급실로 뛰어 들어왔다. 응급실로 뱉어지듯 들어왔다는 표현이 어울렸다. 그는 휴지를 가득 담은 양손으로 코를 감싸 쥐었지만, 그 사이로 피가 줄줄 흘러내렸다. 머릿속이 바쁘게 돌아갔다.

'언제부터 피가 났을까, 얼마나 흘렸을까, 코 안쪽을 막기만 해도 코피가 멎을 수 있을까, 이비인후과에도 빨리 연락해야겠다.' 안과 환자 초진과 기본검사를 진행하고, 기본 처방을 내리고 안과 당직의 선생님께 연락하려면 적지 않은 시간이 걸릴 터였다. 그 사이 코피를 흘리고 있는 환자에게는 뭘

가를 해줄 수 없었다. 그때 소아 구역 담당 간호사가 뛰어왔다.

"선생님, 여기 아기 열이 40도예요! 빨리 봐주셔야 해요!"

고개를 돌려 바라보니 아이 엄마가 두 살 정도로 보이는 아기를 안고 안절부절못하고 있다. 멀리서 봐도 아기 컨디션이 안 좋은 것이 보였다. 얼굴은 빨갛고 가쁜 숨을 몰아쉬고 있었다.

Visual loss(실명)

Epistaxis(대량 비강 출혈)

High fever(고열)

머릿속이 새하얘지다 못해 백지가 되어버렸다. 무엇을 먼저 해야 환자들에게 피해를 주지 않고 빠르게 진료를 진행할 수 있을지 도무지 감이 오지 않았다. 나도 열이 나는 것 같았다. 입고 있던 가운을 벗어던졌다. 나에게 이렇게 과도한 업무를 동시에 주는 의료 시스템이 너무나도 원망스러웠다. 누군가 제발 나를 도와줬으면 좋겠다는 생각이 간절하게 들었다. 조금이라도 늦어져 3명 중 한 명에게라도 무슨 일이 일어난다면? 생각만 해도 무서웠다.

천천히 상황을 복기했다. 갑작스러운 시력 상실은 응급수술을 해야 할 수도 있기에 visual loss 환자를 최우선으로 정했다. 다음은 코피를 흘리고 있는 환자, 그리고 마지막은 열이 나는 것 이외에 다른 신체 징후상 문제가 없는 아기 순으로 정했다.

간호사에게 급한 환자가 있어 다른 환자분들에게 진료가 지연될 수 있으니 양해를 구해달라고 부탁했다. 그리고 처방해야 할 약품들을 처방하고 환자에게로 향했다. 할 수 있는 한 빠르고 신속하게 안과 환자를 검진하고 환자 상태를 보고했다. 다른 생각은 할 겨를이 없었다. 오로지 환자에게만 집중했다. 그 사이 코피를 막기 위해 처방한 특수 거즈가 약국에서 올라왔다. 코피 환자의 병력 파악은 나중에 하더라도 일단 흐르고 있는 피부터 해결해야 했다.

그리고 기도했다. 아기가 코피를 막아내는 딱 10분만 참아주기를. 코피 환자는 어느새 입으로도 피를 쏟고 있었다. 처치실로 환자를 데려가 코 뒤쪽까지 지혈 거즈를 넣었다. 아프고 힘든 과정이지만 더 피를 쏟았다간 위험했다.

재빨리 아기에게 뛰어갔다. 아기의 정확한 병력들을 청취하고 귀, 입 안쪽 등을 보며 신체 진찰을 한 후 소아과에 전화를 했다. 다행히 큰 증상은 없는 것 같아 한숨을 돌렸다. 그 후 다시 코피 환자에게 달려가 피를 묽게 하는 약을 먹었는지 등 초진을 보고 피가 뒤로 넘어가진 않는지 확인했다. 정신없이 일하고 마무리 지었다. 그러나 그새 또 새로운 환자들이 몰렸다. 그날 정신없이 달리고 또 달렸다. 12시간 진료가 끝난 뒤 집으로 돌아와 침대에 몸을 던지자마자 깊은 잠으로 빠져들었다.

지금도 많은 환자가 올 때면 최대한 머리를 차갑게 만든다. 그리곤 머릿속으로 우선순위를 정한다. 이 방법이 별것 아닌 것처럼 보여도 급할 땐 이만한 방법이 없다. 가장 급한 순서대로 순번을 매겨 하나씩 해결해 나가는 것이다. 그 뒤에는 집중이다. 그렇게 몰두하고 나면 어느새 증상이 나아진 환자들이 하나둘 생겨 난다.

순간적인
상황 판단력!

보통 인턴이 초진을 보게 되는 환자는 경증 환자인 경우가 많다. 혹시 모를 의료 사고를 방지하기 위함이다. 그날도 여지없이 초진을 보느라 정신이 없었다. 환자 목록에도 내가 봐야 하는 급한 환자는 없었다. 그때 간호사 선생님의 다급한 말이 들렸다.

"선생님. 소아 구역 환자 이상해요! 빨리 봐주셔야 할 것 같아요."

그녀는 미간을 잔뜩 찌푸린 채 말했다. '급한 일인가?' 나는 아이의 차트를 들춰 살폈다. Level 4, 15살, '기운이 없어요.'라고 적혀 있었다. 차트상으로는 당장 급해 보이는 것이 전혀 없었다. 아이가 온 지 10분도 되지 않은 상황. 나는 서둘러 간호사 선생님과 함께 소아 구역으로 향했다.

소아 구역에 도착하니 저 멀리 침대에 누워 있는 왜소한 체구의 남자아이가 눈에 들어왔다. 아이에게 다가갔다. 가까이서 본 아이는 15살 같지 않았다. 얼굴은 유전병을 앓고 있는 것 같아 보였고, 몸은 뇌성마비를 앓고 있는 듯 뒤틀려 있었다. 아이 엄마는 이상하게 평온해 보이고 아이에게 관심도 주지 않고 있었다. 느낌이 좋지 않았다. 순간 머릿속을 스치는 단어는 딱 하나였다.

'응급 상황.'

"환자 바이탈(혈압, 맥박 등의 생체신호) 체크해 주세요!"

나는 소리쳤다. 아이는 이름을 불러도, 몸을 흔들어도 반응이 없었다. 감겨 있는 눈꺼풀을 위로 올려보니 양쪽 눈동자가 모두 위로 올라가 있어 환자만 보였다. 아이는 몸을 움직이지도 못하는 채로 경련을 하고 있었던 것 같다. 온몸이 오싹해졌다. 예상치 못한 응급상황에 머릿속에 펴진 페이지의 글씨가 보이지 않았다. 방금 측정한 혈압을 봤다. '50/30…'. 손이 떨렸다. 순간 모든 상황이 멈춘 것 같았다. '어떻게 해야 하지?' 나는 서둘러 도움을 요청했다.

"여기 소아 구역 도와주세요!" 크게 소리쳤다.

응급의학과 선생님과 다른 간호사 선생님들이 바로 달려왔다. 생체 징후 숫자들은 빨간빛, 노란빛으로, 그리고 땡땡거리는 알람 소리로 매우 위급한 상황임을 나타내었다. 이번엔 응급의학과 선생님이 크고 다급하게 소리쳤다.

"소아 구역 CPR! 빨리 소생실로 옮겨!"

CPR(심폐소생술)이 발생했다는 소리에 모든 의료진이 달려왔다. 응급의학과 선생님은 바로 침대 위로 올라가 심장마사지를 시작했고 나는 아이가 누워있는 침대를 소생실로 옮겼다. 아이를 옮긴 뒤 선생님은 나에게 아이 엄마에게 자세한 병력을 청취하라고 했다.

다시 뛰어가 아이 엄마에게로 갔다. 이상하게도 아이 엄마는 계속 평온해 보였다. 묻는 말에 제대로 대답하지 않고 동문서답했다. 내가 진료를 늦게 봐줬기 때문에 아이가 저 지경이 되었다는 말만 반복하였다. 결국 아이 엄마에게 알아낸 것은 엄마가 아이에게 밥을 먹이지 않아 아이가 2주 동안 매일 죽 반 그릇도 제대로 먹지 못했다는 것이었다. 그리고 탈수가 심해 큰 병원을 가야 한다고 여러 의사가 말했음에도 불구하고 아이를 집에만 두었다는 것도 알게 되었다. 어쩌면 의도적으로 그랬을 수 있겠다는 생각이 들었다.

다행히 아이의 활력 징후는 돌아왔다. 그런데 잠시 후, 응급실 안쪽이 소란스러워졌다.

"안 돼요! 안 돼!"

모두가 숨을 고르고 있는 사이 아이 엄마가 갑자기 와서 아이의 산소 튜브를 뽑으려 했고, 의료진과 안전요원에게 제지를 당했다. 뭔가 이상한 낌새를 느낀 교수님은 바로 경찰에 신고하였고, 아이 엄마는 조사를 받게 되었다.

나중에 알게 된 것이지만 아이 엄마는 지적장애를 앓고 있었다. 아이를 일부러 병원에 데려가지 않고 밥도 주지 않은 것으로 밝혀졌다. 상황이 도저히 해결되지 않아 병원에 와서 모든 책임을 떠맡기려 했다는 것이 사건의 전말이었다.

상황이 모두 정리가 되고 난 후, 누군가 내 머리를 망치로 친 것처럼 머리가 아팠다. 간호사 선생님이 빨리 봐야 한다고 알려주지 않았더라면 정말로 아이가 잘못되었을 수도 있었다. 빨리 확인하지 않은 내 책임이 됐을 것이다. 아이 엄마가 덮어씌우려고 했던 모든 잘못까지 전부 내 책임이 되었을 것이란 생각에 두려웠다.

면허증을 가진 의사이지만 아직 경험하고 공부해야 하는

인턴이다. 직접 눈으로 본 것 이외의 것은 믿지 말라고 하셨던 스승님들의 말씀이 뼈저리게 와닿았다. 더 열심히 움직여 직접 환자를 만나보고 경험하고, 넘겨짚지 않고 보다 정확한 생각을 하는 것만이 나를 인턴에서 벗어나게 해줄 것이란 생각이 들었다. 힘들었던 만큼 오늘의 일은 훗날 내가 정확한 판단을 하게 해줄 소중한 가르침이 될 것이다.

핑거 에너마,
그 미칠 것 같은

이번 이야기는 비위가 약한 사람은 지나쳐 주기를 바란다.

"선생님! 화장실 앞에 관장해야 할 환자 있어요! 30분마다 한 번씩 5번 해주시고 혹시 잘 안 되면 finger enema(손가락 관장)도 해야 할 수도 있어요!"

finger enema? 그렇다. 손가락 관장. 내 손가락을 환자의 그곳에 넣어야 한다는 말이다. '혹시 잘 안 되면'이란 말이 머릿속을 맴돌았다.

의식장애와 행동장애를 일으키는 간성혼수라는 질환이

있다. 보통 혈중의 암모니아 수치를 낮추는 것이 치료 방법으로 알려져 있다. 환자가 직접 변을 보지 못한다면, 억지로 관장이라도 해서 암모니아 수치를 낮춰야만 한다. 그러지 않으면 위험한 상황이 생길 수도 있다.

'제발 잘 되길'을 속으로 수없이 되뇌며 간호사가 일러준 곳으로 발걸음을 옮겼다. 이제 50대가 되었을까? 그는 황달 때문에 온몸이 노랗게 된 채, 알 수 없는 말을 내뱉으며 횡설수설하고 있었다. 옆에는 아내로 보이는 여성이 수심이 깊은 얼굴로 그의 손을 잡고 있었다.

환자를 옆으로 돌아눕혔다. 그는 횡설수설하며 돌아눕길 거부했다. 차라리 그의 거부가 격렬해서 '어쩔 수 없었다.'라는 변명을 하고 싶다는 생각이 굴뚝같았다. 하지만 그는 결국 격렬한 거부 반응은 보이지 않았다. 웬일인지 내 말을 순순히 따르기 시작했다.

"환자분 옆으로 돌아누워 보세요. 새우처럼요."

그가 얌전히 돌아누웠다. 그곳엔 평생 보지 못한 낯선 남자의 그곳이 보였다. 이제 물러설 곳은 없다. 최대한 신속하게 끝내는 것이 중요하다. 원 샷 원 킬. 난 관장용 관을 그의 항문에 조준했다. 숨을 멈추고 그곳을 노려봤다. 순간 올림픽에 나간 사격 선수도 이럴까 하는 생각이 머릴 스쳤다. '하나, 두울. 셋!'

"훗!"

'아차! 실패다!' 안쪽이 얼마나 막혔으면 관이 들어가지 않았다. 제발 오지 말았으면 했던 사태가 점점 다가왔다. 간절한 마음으로 다시 관을 삽입했다. 또 실패했다. 이젠 선택지가 남아있지 않았다.

의료 장갑을 한 장 더 겹쳐 꼈다. 그리고 손을 뻗었다. 손은 관과 달라서 진입에 실패가 없었다. 하지만 진입도 잠시, 손끝이 마치 딱딱한 벽에 막힌 듯한 느낌이 전해져 왔다. 나는 마치 포클레인 기사가 된 것처럼 그것들을 하나씩 채굴하기 시작했다.

손끝의 감촉, 역한 냄새. 이 모든 것이 뒤섞여 구토가 올라올 것 같았다.

그는 고통스러운지 몸을 비틀어댔고 아내는 환자를 붙잡은 손에 더 힘을 줘 자세를 고정시켰다. 환자가 몸부림치기 전 나는 신속히 손가락을 뺀 뒤 관을 다시 삽입했다. 다행히도 이번엔 성공이었다. 하지만 성공도 잠시. 더 큰 산을 넘어야 했다. 관장약을 주입하고 15분을 버텨야 하는데 보통 사람도 이 과정이 쉽지 않다. 이 느낌은 마치 배탈이 나 매우 급한 상황인데 반경 1km 안에 화장실이 없는 느낌과 같다. 이땐 필사적으로 그것을 참아야 한다. 그것이 관장약을 넣은 사람들의 숙명이다. 이 과정을 거치면 인간은 한 단계 더 성숙해진다.

상황이 이렇다 보니 의식도 또렷하지 않은 그가 약물을 주입받은 후 얼마나 버티겠는가. 상상대로다. 상황은 마치 나이아가라 폭포가 이곳에 생겨난 듯한 착각을 불러일으킬 정도였다. 폭포의 근원지를 그의 아내와 내가 틀어막았다. 하지만 어찌 인간이 폭포를 막겠는가…

　우여곡절 끝에 과정이 끝났다. 더 암담한 것은 앞으로 이 과정을 30분에 한 번씩 반복해야 한다는 것이었다. 정말이지 집에 가고 싶은 심정이었다.

　나는 바로 옆 의자에 몸을 떨어트리듯 털썩 주저앉았다. 한숨이 절로 나왔다. 그의 아내도 지쳤는지 내 옆에 털썩 앉았다. 서로 거친 숨소리만 오갔다. 그러다 그녀가 힘없는 작은 목소리로 입을 열었다.

　"선생님. 저희는 이걸 매일 해요. 그이가 온몸을 비트는 것만 봐도 마음이 미어지는데 어쩔 수 없이 이걸 해야 한다고 하면 정말이지 가끔은 모든 걸 놓고 싶다는 생각도 해요."

　그녀의 말에 뒤통수를 한 대 크게 맞은 것 같았다. 난 고작 지금 한 번이지 않은가. 그마저도 마음속으로 얼마나 하기 싫다고, 도망가고 싶다고 외쳤는가. 부끄러웠다. 그리고 그녀가 마치 큰 산처럼 보였다. 난 지금껏 작은 일 하나도 하기 싫다고 피하고 도망만 다녔던 것은 아닐까. 세상에는 이리도 많은 일들이 있는데. 이날 이 사건 이후 한 가지 결심한 것이 있다. 환자가 우리 가족이라는 생각을 갖자는 것이다. 태도를 바꾸면 상황을 대하는 자세가 달라진다.

시계를 보니 어느덧 30분이 흘러있었다. 장갑을 질끈 당겨 끼고 다시 침대로 향했다.

제발 한 방향으로
알아보기 쉽게 튀어주세요

대학병원 응급실은 환자를 혼자 보지 않고 환자가 호소하는 증상에 따라 여러 과의 의사들이 협진을 보게 된다. 이때 협진 요청을 하며 환자 상태를 정확하게 보고하는 것을 노티(notify)라 한다. 노티는 짧은 시간 안에 많은 정보를 전달하는 것이기 때문에, 노티를 잘하는 의사는 똑똑한 의사라고 인정받게 된다. 심지어 의사 국가고시 실기 항목에 환자 상태 보고라는 항목이 있을 정도로 중요한 능력이다. 시험을 위해서 그렇게 연습을 많이 했지만, 노티를 하기 전 받는 긴장감과 스트레스는 전화기를 쳐다보고 한숨을 3번은 쉬어야 겨우 번호를 누를 수 있게 만들었다.

노티는 받는 사람도 하는 사람도 스트레스일 때가 많다. 대개 아랫사람이 윗사람에게 하는 보고이기 때문이다. 또 의학용어가 너무나도 다양해 노티를 잘하기가 쉽지 않다. 환자는 그냥 피부에 뭔가 났다고 할 수 있다. 그러나 의학용어에서 피부 발진을 표현하는 단어가 수십 개는 된다. 융기되었는지 여부, 크기, 개수 등에 따라서 여러 가지 단어들이 있다. 증상 또한 그렇다. 청진하며 숨소리가 어떻게 들리는지, 심장은 어떻게 뛰는지 등 수백 개의 단어가 있다. 물론 6년 동안 공부하며 익숙해진 단어가 많지만, 실제로 듣고 본 적이 없어 문제가 생기게 된다. 내가 보기엔 A여서 A라고 이야기했을 뿐인데 B인 경우가 심심치 않게 생기게 되는 것이다.

게다가 겨우 서너 시간 잘 수 있는 새벽 시간에 이렇게 잘못된 노티를 하게 될 때면 질타를 피할 수 없다. 예를 들면 어지럼증과 같은 증상이 그렇다. 어지럼증은 많은 과와 연관되어 나타날 수 있다. 신경과, 신경외과, 이비인후과, 내과 등. 특징, 동반되는 증상, 증상이 나타났을 때의 상황에 따라 진료를 받아야 할 과가 결정된다. 제대로 판단을 내리지 않으면 최소 3개 과의 문을 두드려야 하는 일이 비일비재하다.

가장 헷갈리는 동반 증상은 안진(안구가 특정 방향으로 툭툭 튀는 현상)이다. 어느 쪽으로 튀느냐에 따라서 신경과적 질환인지 혹은 이비인후과적 질환인지가 결정될 수 있다. 교과서적으로 튀면 얼마나 좋으련만 애매하게 나타나는 경우가 많다.

새벽 5시, Morning dizziness(아침에 일어날 때 생긴 어지럼증) 환자들이 올 때가 되었다. 차트에 하나둘 이름이 올라갔다. 보자마자 스트레스가 올라오는 것이 느껴졌다. 환자에게로 가서 머리가 흔들리지 않도록 잘 잡고 환자의 눈을 봤다. '제발 한 방향으로 알아보기 쉽게 튀어 주세요.'라고 생각하며. 그러나 방향을 알 수 없는 눈동자의 흔들림에 내 마음도 흔들렸다. 대체 어느 과에 전화를 해야 할까 막막했다. 다른 증상들을 고려해서 신경과에 한 번 전화해보기로 했다.

"선생님. 응급실 환자 노티 드리겠습니다. ○○세 남자환자 두 시간 전부터 시작된 어지럼증으로 내원하였습니다.

Review of system(체계별 문진)상…, 신체 검진상… 입니다."

"Nystagmus(안진) 어떤데요."

"그… 사실… 잘… 모르겠습니다. Horizontal(수평)인지 Vertical(수직)인지 잘 모르겠습니다. Vertical에 가까운 것 같습니다."

"같습니다? 노티를 그런 식으로 해요? 환자 안 보고 그런 소리 하는 거 아니에요? 그것도 구별 못 해요? 선생님도 의사 아니에요? 아니, 의사 맞아요?"

귀 따가운 통화가 이어진다. 자존감이 땅바닥의 껌처럼 달라붙는 것 같다. 그래도 노티를 듣고 응급실에 해당과 당직의 선생님이 와주면 성공이다. 노티가 제대로 되지 않았다며 다시 노티하라고 신경질적으로 전화를 끊는 경우도 다반사다. 이렇게 되면 안 그래도 시끌벅적한 응급실에 환자가 쌓여 점점 아비규환이 되어가고, 내 마음도 타들어 간다.

사실 늦은 밤 잠들어 있는 사람을 깨우면 얼마나 예민하겠는가. 나조차도 아침에 어머니가 깨우면 짜증이 나는데. 그래서 당직의를 깨우지 않으려고 환자를 최대한 자세히 진료하려 한다. 하지만 나도 사람인지라 환자의 증상이 잘 보이지 않는 경우가 많다. 어쩌겠는가. 경험을 쌓을 수밖에.

오늘도 한숨 세 번을 내쉰 후 다이얼을 돌린다.

"응급실 환자 노티 드립니다!"

CPR,
그 삶과 죽음의 경계

"CPR, 5분 후 도착이래요!"

간호사의 외침이 응급실 안에 울렸다. 생(生)의 증거가
남아 있지 않은 사람이 지금 응급실로 오고 있다. 조용하던
소생실은 순식간에 의료진들이 몰려 분주해졌다.

"띠리릭! 삐삑!"

응급용 침대를 둘러싸고 있는 여러 개의 기계들은 저마
다의 불빛을 일제히 밝히며 한 사람의 생명을 살릴 준비를
했다. 나도 서둘러 소생실 안으로 들어가 장갑을 끼고 환자

를 맞을 준비를 했다. 어떤 환자가 어떤 모습으로 올까? 어떤 상태일까? 어떤 사연일까? 짧은 시간에 오만 가지 상상이 머리를 채웠다. 그러다 이내 머리를 하얗게 비워 냈다. 선입견은 응급 진료를 그르칠 수 있다. 오로지 환자를 대면하는 그 순간, 그 상태로만 판단해야 한다.

"소생실 환자 들어갑니다!"

응급실 문이 부서질세라 열리고, 119대원들과 함께 환자가 들어왔다. 성인 남성이었다. 얼굴은 피범벅이 되어 있어 나이를 가늠할 수 없었다. 윗옷은 응급처치를 위해 가위에 잘려 가슴이 다 드러나 있었다. 침대 뒤의 보호자들이 눈물을 흘리며 따라왔지만, 소생실 밖에 대기하도록 안내를 받았다. 이송 침대에서 소생 침대로 여러 사람의 손을 거쳐 환자가 옮겨졌다. 나는 곧바로 환자의 가슴 쪽에 자리를 잡고 온 체중을 손에 실어서 심장을 눌렀다.

배운 것을 떠올리며 침착함을 유지하려고 노력했다. 5cm 깊이로 누르고, 가슴이 다시 충분히 올라오도록 하며, 1분에 100회에서 120회 정도의 속도가 유지되도록 신경을 썼다. '하나, 둘, 셋, 넷, 다섯…' 속으로 숫자를 셌다.

드라마와 현실은 다르다. 특히 응급 소생술이 그렇다. 그 긴장감은 드라마에서 절대 표현할 수가 없다. 방송에 도저히 내보낼 수 없는 장면과 소리가 있기 때문이다.

환자의 가슴을 압박할 때마다 '두두둑' 하며 부러지는 소리를 내는 갈비뼈가 그렇다. 소리도 소리지만 손끝을 타고 올라오는 그 둔탁한 느낌이 등골까지 소름 끼치게 한다. 사람을 살리기 위해 그의 가슴뼈를 부서져라 압박해야 하는 것이다.

점점 숨이 차올랐다. 얼굴에서 흐른 땀은 연신 안경을 흘러내리게 해 안경은 간신히 코끝에 걸쳐 있었다. CPR을 하는 2분 동안 주변의 소리는 아무것도 들리지 않았다. 흔들리는 침대가 삐걱거리는 소리와 '땡땡'거리며 환자의 혈압이 잡히지 않는다고 알려주는 알람 소리뿐이었다.

미친 듯이 누르는 동안 환자 머리 쪽에선 응급의학과 선생님이 기관 삽관을 했다. 그제야 그 모습을 힐끗 보았다. 환자는 많이 보아도 40대 중반처럼 보였다. 이대로 죽기엔 너무나도 젊은 나이였다. 점점 몸에 힘이 빠지는 것이 느껴졌지만 내가 잘할수록 환자가 살아날 확률이 높아지기에 이를 악물고 버텼다. 오로지 한 가지 생각밖에 없었다. '살리고 싶다.'

"30초 후에 교대하겠습니다."

뒤에서 나 다음으로 압박을 할 인턴이 시간을 재며 알려 주었다. 몸이 힘드니 30초가 30분처럼 느껴졌다. 숨은 거칠어 져만 갔다.

"교대하겠습니다!"

나는 얼른 자리를 내어 주었다. 압박과 압박 사이의 간격은 10초 미만이어야 한다. 느릿느릿 굼뜨면 안 된다. 빠르게 교대를 하고 2분 동안 휴식을 하며 숨을 골랐다.

소생실 입구는 밖에서 안쪽이 보이지 않도록 커튼으로

가려져 있다. 커튼과 벽 사이의 조금의 빈틈으로 보호자들은 오열하며 상황을 지켜보고 있었다. 갑자기 찾아온 이별 직전의 순간에 당연히 아무런 준비도 되어있지 않았을 것이다.

흰 가운이 땀으로 젖을 때까지 압박은 지속되었다. 시작한 지 40분 이상 지났다. 머리가 어지러웠다. 심장이 돌아오긴 할까? 시간이 길어질수록 소생 가능성이 줄어들기 때문에 불길한 생각이 들고 안타까웠다. 의료진 모두 같은 마음이겠지만, 아무도 그런 생각을 떠올리지 않은 것처럼 차가운 태도로 침착함을 유지했다.

"교대 30초 전입니다."

다시 내 차례가 돌아왔다. 환자 아래쪽에선 교수님이 ECOMO(체외막 산소공급기)를 설치하고 있었다. 기계가 알아서 전신의 피를 순환시켜 주기 때문에 설치가 끝나면 더 이상의 흉부 압박은 필요가 없다. 환자는 심장이 멈춘 채, 숨도 안 쉬는 상태로 생명을 유지할 수 있다. 준비가 끝나고, 환자는 심장이 멈춘 원인을 찾고 이를 해결하기 위해 기계와 함께 응급실에서 빠져나갔다. 교수님이 고생했다며 등을 토닥여 주셨다.

그러나 찝찝했다. CPR 중 환자 심장이 돌아오면 동맥에서 펄떡 뛰는 맥을 느낄 수 있다. 피부로 느껴지는 살았다는 증거 없이 환자가 빠져나갔다. 체력이 고갈된 몸과 허탈함만이 남았다. 저 상태로 얼마나 버틸 수 있을까? 곧 운명할 것 같다는 생각이 들어 환자를 따라가며 슬퍼하는 보호자들의 뒷모습에 내 마음도 찢어졌다. 지친 몸과 마음을 추스를 틈도 없었다. CPR로 인해서 정지되었던, 응급실에 산더미처럼 쌓인 일들을 향해 서둘러 뛰어들었다.

그렇게 몇 달 시간이 흘렀다. 다른 업무를 하고 병동을 지나다가 열려 있는 병실 문으로 바로 그 환자의 얼굴 실루엣이 보였다. 너무 놀라 그 자리에 멈춰 섰다. 닮은 사람인 건아닌지 꼭 확인하고 싶어 뒷걸음질로 다시 병실 앞에 섰다. 확실했다. 멍하니 서서 그가 식사하는 것을 보다가 얼른 걸음을 옮겼다. 환자는 나를 처음 보는 사람이라 생각할 것이었다.

그날 무척 기뻤다. 내가 그 과정 한편에 참여했다는 사실과 그 모든 것을 견뎌내어 준 환자에게 고마움과 기쁜 감정을 느끼기에 충분했다. 그 환자는 내가 누군지 모르겠지만 그를 살리는 데 내가 도움이 되었다는 생각에 뿌듯한 미소가 절로 지어졌다. 그리고 한편으로는 내 지식과 경험의 짧음에 부끄러워졌다. 더 많이 공부하고 알았더라면 그 순간에 보호자들이 무거운 표정의 의사를 한 명 덜 봐도 될 수 있었다. 이 환자를 통해 6년 동안의 가르침을 한순간에 받은 것 같았다. 인턴 의사로서 할 수 있는 것은 의학적으로 제한되어 있을지 모르지만 내가 느낄 수 있는 기쁨에는 그 제한이 없었다.

엄마 같던 그녀

한 할머니가 요양병원에서 전원을 왔다. 할머니는 의식이 없었다. 여기저기 자신의 몸보다 많은 수액이 달려 있고, 빨간 줄, 파란 줄이 뒤엉켜 침대 위를 복잡하게 만들고 있었다. 같이 따라온 보호자는 DNR(Do Not Resuscitate, 심폐소생술 거부)에 서명하지 않은 상태로 적극적인 치료를 원하고 있었다. 할머니의 얼굴은 창백했고 손발이 차가웠다. 곧 무슨 일이 일어날 것만 같은 느낌에 빨리 다른 일을 끝내야 할 것 같았다.

"1구역 CPR이요!"

방송이 울렸다. 역시 안 좋은 예감은 틀리지 않는다. 의료진들이 모두 뛰어가 심폐소생술을 시작했다. 칸막이가 쳐지고 흉부 압박이 진행되고 각종 약물이 투입되었다. 각자 맡은 역할에 최선을 다하느라 복잡하고 분주해졌다. 보호자는 핸드폰으로 아직 병원에 도착하지 못한 가족들과 통화를 하며 상황을 전달하고 있었다. 눈으로는 지켜보고 있지만 아직 눈앞의 현실이 실감이 나지 않는 표정이었다. 소생술이 30분 동안 지속되었지만 심장은 돌아오지 않았다. 교수님은 전화를 계속하고 있는 보호자와 면담을 했다. 아마 더 이상의 무의미한 심폐소생술을 하지 않기 위한 대화였을 것이다. 보호자는 다시 휴대폰을 들어 올렸다. 가족들과 끝내 의견이 모였는지 보호자는 침착한 목소리로 CPR 중단을 요청했다.

돌아가신 할머니가 누워 계신 침상 주변으로 커튼이 쳐졌다. 응급실에서 나가시기 전, 몸에 있는 관들을 제거하고 열려 있는 피부를 봉합하기 위해 커튼을 열고 들어갔다. 차갑다 못해 굳어 있는 것 같은 피부가 할머니가 유명을 달리했다는 것을 체감하게 해주었다. 조심스럽게 몸을 뚫고 있는 관들을 하나씩 제거하고 갈라진 부분의 모양이 엇나가지 않도록 신경 쓰며 봉합을 하던 중 커튼이 조금 열렸다. 보호자 였다. 들어와도 되겠냐고 물어 장갑을 끼고 들어오라 했다.

처음 봤을 때부터 고인의 보호자가 내 어머니를 닮았다 는 생각을 지울 수 없었다. 이 사람이 하는 모든 행동이 내 가족을 떠올리게 했다. 보호자는 할머니의 차가운 손을 잡 아보고, 눈을 감은 얼굴을 만지고, 하얀 머리를 쓰다듬었다. 그렇게 이제 다시는 보지 못할 당신의 어머니에게 마지막 인 사를 했다. 말 한마디 없이, 슬픔을 가득 안아 더없이 따뜻한 손길로… 내 눈가에도 눈물이 고였다. 언젠가 나에게도 필연 적으로 다가올 이 장면이 가슴을 미어지게 만들었다.

"선생님, 과연 제가 결정한 행동이 맞는 걸까요? 그냥 요 양병원에서 편안하게 돌아가시게 했으면 더 좋았을까요?"

보호자가 물었다. 할머니는 요양병원에서 오랫동안 계셨 다고 했다. 천천히 몸 상태가 악화되면서 보호자들은 마음 의 준비를 할 시간을 가졌다. 보호자의 마음에 걸리는 건 생각했던 것 이상으로 소생술을 받는 장면이 끔찍했다는 것이었다. 그 모습이 너무 고통스러워 보였고 자식으로서 오히려 더 못 할 짓을 한 게 아닌가 걱정이 된다고 했다.

"저희 어머니, 편하게 가신 게 맞죠, 선생님?"

대답을 하기 전에 내가 겪었던 일들이 주마등처럼 스쳤다. 내가 지금 일하고 있는 병원과 이 응급실은 내가 의사가 되기 전, 나의 할아버지와 동생이 크게 아파 머물렀던 곳이었다. 할아버지 심장이 멈춰 소생술을 받았던 곳이고 동생이 누워 있던 모습에 가슴 아팠던 기억이 남아 있는 곳이다. 환자를 보고 있는 보호자가 얼마나 아픈지 나는 안다. 위로가 되고 싶었다.

"아마 어떤 선택을 하셨어도 후회는 남았을 거예요. 겪어 보지 못한 선택이니까요. 아무것도 안 하고 보내드렸다면 또 다른 후회가 남았을지도 몰라요. 보호자분께서 이 선택을 하신 건 끝까지 해드릴 수 있는 것은 해 드리고 싶다는 마음에서 나왔을 거라고 생각해요. 또, 할머니가 쭉 의식이 없는 상태로 계셨으니 큰 고통은 아마 기억하지 못하시고 가셨을 거예요. 최선을 다하셨습니다. 자책하지 마세요."

천천히 말했다. 보호자는 조금은 편안해진 표정으로 연신 감사하다고 말했다. 나는 일을 마무리하고 인사를 하며 커튼을 걷고 나왔다.

어떤 것이 좋은 선택일까? 저 상황이 나에게 다가온다면 나는 우리 부모님을 위해 어떤 선택을 내려야 할까? 너무도 어려운 문제이고 정해진 정답도 없는 것 같았다. 이런 어려운 상황에서 보호자를 위해 의학적으로 크게 해 드릴 수 있는 것은 없지만, 차가운 응급실에서 따뜻한 위로를 받았다고 기억할 수 있도록 해 드리고 싶었다.

할머니의 시신과 함께 나가는 그녀는 나에게 다시 한번 인사를 건네고 갔다. 어쩌면 나는 내가 할 수 있는 가장 최선의 일을 한 것이 아닐까? 가장 가까이에서 환자를 위로할 수 있는 자리가 인턴이라는 생각이 들었다. 이날의 일을 평생 기억하고 잊지 않으려 한다. 인턴이라는 상황보다는 내가 하는 일의 본질에 집중하기 위해. 그리고 의사로서 성장하여도 계속 따뜻한 위로를 건넬 수 있는 사람이 되기 위해.

내가 환자가
된다면?

　출근하는 사람들 틈에 섞여 퇴근하고 퇴근하는 차들 사이에서 출근하는 생활이 익숙해지고 있었지만, 마음 한편은 갇혀 나가고 있었다. 출근하던 중, 막히는 반대 차선과 달리 빠르게 나를 병원으로 안내하는 신호등이 너무나도 얄밉던 날이었다. 운전대를 잡고 있던 중, 어두컴컴해진 거리가 갑자기 차갑게 느껴지고 차 안의 공기가 점점 답답하게 느껴졌다. 창문을 내려 공기를 쐬면 괜찮아질 것이라고 생각했지만, 전혀 효과가 없었다.

　답답함은 점점 심해지더니 급기야 숨이 잘 쉬어지지 않고 다리가 떨리며 알 수 없는 불안이 엄습하기 시작했다. 그대로 차를 돌려 집으로 향하고 싶다는 생각이 미친 듯이 몰려왔다. 지금 이 자리에서 도망치고 싶었다.

그러고 보니 학생 때 수업시간에 이 증상을 배운 것 같았다. 갑자기 죽을 것 같은 불안함을 느끼는 증상, 공황. 최근들어 TV에서 연예인들이 자신들이 겪었던 공황장애 경험담을 이야기하면서 어느 정도 널리 알려진 증상이지만 그만큼 사람들이 가볍게 생각하는 경향도 생겨났다. 그러나 공황이 생기면 당사자는 숨도 쉬기 어려울 만큼 힘들다.

수업시간에 배운 대로 30분 이내면 가라앉으리라 생각하고 길가에 차를 세웠다. 처음 느껴보는 감정이었다. 퇴근하면 지쳐 쓰러져 잘 수밖에 없고 일어나면 다시 출근해야 하는 스케줄 속에서 쌓여간 스트레스가 원인인 것 같았다.

누구라도 좋으니 위로의 목소리를 듣고 싶었다. 머릿속으로 수많은 사람들이 스쳐 지나갔다. 부모님, 친구, 동료들. 그 누구에게 지금 전화를 걸면 위로를 받을 수 있을까. 하지만 이런 증상으로 그들에게 전화하는 것이 맞을까. 수백 번 고민을 하다가 결국 유튜브를 클릭했다. 그리고 검색창에 '스트레스'라고 적어 넣었다. 여러 동영상이 주욱 떴다. 스트레스에 대한 동영상이 이렇게나 많다니 놀라웠다. 그중 눈에 들어온 '일의 스트레스를 다스리는 기술'이라는 영상을 재생했다.

강사는 사람들이 스트레스를 억지로 풀어내려고 하는 것이 문제라고 말하고 있었다. 스트레스란 외부 요인에 의해서 생기는 것으로 내가 제어할 수 없는 일이라는 것을 인정해야 한다고 했다.

생각해보면 나에게 스트레스를 줬던 모든 일은 절대 내가 조절할 수 있는 일들이 아니었다. 응급실에 환자가 못 오게 할 수 있는 것도 아니고, 내가 진료를 빨리 못 본다고 기다리고 있는 사람들을 돌려보낼 수 있는 것도 아니다. 노티를 잘 받아주는 과만 골라 전화할 수 있는 것도 아니다. 지금은 일이 많이 밀려 바쁘니 누군가의 심장에게 멈추지 말아 달라고 부탁을 할 수도 없다. 내게는 선택권이 없었고 그저 상황에 정면으로 맞닥트릴 수밖에 없었다.

이렇게 내가 받는 스트레스의 원인이 나로부터 기원한 것이 아니라 대부분 외부에서 오는 일인 것을 인정하고 스트레스를 풀려는 생각 자체를 포기하니 마음이 조금 가벼워졌다. 그 상황 속에서 내가 긴장하는 것이 당연하고, 스트레스는 힘들지만 내가 더 잘할 수 있도록 해주는 건강한 반응이라고 생각하게 되었다. 강의대로였다. 조여 왔던 가슴이 풀어지는 것이 느껴졌다.

그렇다 해도 아직 해결되지 않는 부분들이 있었다. 나는 왜 내게 스트레스를 떠안기는 응급실에 다시 들어가야 할까? 내가 하는 일은 어떤 의미가 있을까? 인턴 생활을 지속하는 것이 과연 맞는 일인가?

병원은 너무나도 바쁜 곳이다. 아마 치료는 잘 받아도 마음은 치료받지 못한 채 가시는 환자들이 많을 것이다. 아는 것과 경험이 부족해 교수님이나 다른 선생님들처럼 전문적인 치료는 할 수 없지만, 내가 최대한 따뜻한 마음을 전한다면 이 병원에 잘 왔다고 느낄 수 있도록 할 수 있겠다는 생각이 들었다. 나는 내가 하는 말과 행동으로 환자의 마음을 조금이나마 따뜻하게 만들어 줄 수 있는 인턴이자 의사이다. 그냥 인턴이 아닌 다른 사람에게 도움을 주는, 어렸을 적부터 꿈꿔왔던 의사로서 일하는 것이다.

스스로 내가 지금 하고 있는 일이 어떤 의미를 지니는지 정의를 내린 후, 조금은 더 가벼워진 마음으로 응급실로 출근할 수 있었다. 그리고 가장 친절한 의사가 되고자 하는 마음으로 일을 했다. 그렇게 조금은 내려놓은 채로 일을 하며, 환자가 말해주는 '감사합니다'라는 인사를 받는 순간을 내가 느끼던 불안에 대한 약으로 삼았다.

강의에서 말한 대로 스트레스가 느껴지는 순간은 내가 지금 하는 일에 대한 정의를 내려보라는 뇌의 신호임이 틀림없다. 강의 덕분에 힘든 일에 쓰러지지 않고 유연하게 버텨나가는 힘을 기를 수 있었다. 아마 어제보다 오늘 조금은 더 나아진 인턴이 되지 않았을까?

PART 3

저도
사람입니다

병원의 '을',
인턴

"선생님, 일찍 출근하셨네요!"

새벽 5시 병동, 자주 얼굴을 보던 환자가 나에게 인사를 했다. 나는 웃으며 대답했다.

"아직 퇴근 전입니다."

주 52시간 근무를 이슈로 뉴스가 떠들썩했던 것이 기억 난다. 나는 인턴과 전공의들에게는 전혀 해당이 되지 않을 뉴스를 보며 '워라벨'에 대해 생각을 안 할 수가 없었다. 마치 꿈과도 같은 단어다.

내과 인턴의 생활은 고되다. 36시간 연속 근무 후에 12시간 휴무. 주말도 없다. 제대로 잠도 못 자고 거의 이틀을 일하고 나면, 쉬는 12시간은 일상을 찾을 여유는 하나도 없이 잠으로만 채우게 되었다. 그렇게 생체시계를 고무줄 당기듯 늘였다 줄였다 하니 몸은 지칠 대로 지쳐갔다. 쉬고 온 다음 날에도 꺼끌꺼끌한 내 얼굴을 보고 어제 당직이었냐고 묻는 환자들이 생길 정도였다.

일하는 내용도 전문적이고 더 의사 같은 일을 하길 바랐지만 그렇지 않았다. 우리의 업무는 반복적인 단순 작업이 대부분이었다. 그중 간단한 드레싱(상처 부위나 삽관 부위를 소독하는 일)은 환자와 대화도 하고 내가 치료를 하고 있다는 느낌도 받을 수 있는 일이지만, 하루에 40~50개가 쌓이는 순간 빨리 처리하고 넘어가야 하는 '작업'이 되어버렸다. 의사가 아니라 기계가 되는 느낌이었다.

우리는 '3보 1콜'이라는 말을 하곤 했다. 조금 과장해서 3보를 걸으면 나를 찾는 간호사의 전화가 울린다는 이야기이다. "선생님 ○○○병동 컬처(혈액배양검사) 해 주세요.", "선생님 환자가 변을 봐서 드레싱 다시 해 주세요." 등. 어떤 날은 50통 이상의 전화를 받곤 했다. 그러다 보니 일을 하면서도 언제 전화가 또 울려 예정에 없던 새로운 일들이 쌓이게 될지 몰라 조급한 마음으로 일을 하게 되었다. 식사 시간 같은 것은 챙겨지지 않는다. 스스로 알아서 먹어둬야 한다.

어느 날은 숙소 휴게실에서 울고 있는 동기를 봤다. 아직 물도 붓지 못한 채 열려 있는 컵라면이 앞에 있었다. 아무것도 먹지 못해 어떻게든 먹어보려 했던 것 같았다. 그 옆에는 진동 모드로 된 핸드폰이 계속해서 울리고 있었다. 한순간도 쉬지 못하고 일을 하며 컵라면 하나 먹을 시간도 없이 울리는 전화에 갑자기 서러움이 폭발했을 것이다. 나도 콜이 너무 많아 계속 울리는 핸드폰 벨소리에 노이로제가 생겨 집어 던진 적이 있기에 이 상황이, 그 감정이 바로 이해가 되었다. 문득 '이러려고 의사가 되었나?' 하는 생각이 들었다.

어느 날 새벽 3시, 전화가 울렸다. 1시간 남짓 잠을 청했을 때였다. 한숨을 한 번 내쉬고 전화를 받았다. 간호사 선생님이 이야기했다.

"선생님, 내과계 중환자실이에요. 이동식 초음파 기계 좀 심장 중환자실로 옮겨주세요."

순간 내 귀를 의심했다. 내과계와 심장 중환자실은 같은 층에 몇 미터 안 되는 거리에 있다. 다시 한번 확인했다.

"초음파 기계만 옮기라는 말씀이신가요?"
"네."

대화가 예상치 못하게 길어졌는지 짜증스러운 단답이 돌아왔다. '설마 뭔가 있겠지. 내가 모르는 내가 해야만 하는 이유가 있을 수 있지.'라고 생각하며 일단 지친 몸을 이끌고 중환자실로 내려갔다. 그곳엔 바퀴가 달린, 사람 허리 정도까지 밖에 오지 않는 작은 기계가 덩그러니 놓여 있었다. 겨우 이걸 몇 걸음 옮기기 위해 내가 잠들지 못하고 일을 해야 한다는 사실에 화가 났다. 주변을 둘러보았다. 중환자실은 바쁜 곳이지만 이 기계 하나 옮기지 못할 정도로 바빠 보이는 사람은 없었다. 심지어 병원에는 다른 기계들을 옮기는 일을 하시는 분들이 계신다. 왜 이 일을 지금 내가 해야 하는지 도저히 납득할 만한 이유가 보이지 않았다. 그러나 여기저기서 평판으로 평가 점수를 받는 인턴이기에 하고 싶은 말들은 마음속으로 꾹 삼켜 넘겼다. 이 점수들이 모여 전공하고 싶은 과의 응시 시험에 반영이 되기 때문이다. 더군다나 이런 사소한 문제로 나에 대해서 안 좋은 말이 도는 것은 더더욱 싫었다. 다시 한번 진심으로 '이러려고 의사가 되었나' 하는 회의감이 들었다.

내가 이 병원 0년 차라는 것이 여실히 느껴졌다. 그야말로 최약체. 병원에서 인턴은 마치 회사 신입사원과 같다. 쏟아지는 온갖 잡무와 왜인지 무시당하고 있는 듯한 느낌들로 인해 그동안 해왔던 노력이 아무것도 아닌 것으로 돌아가는 듯한 느낌을 받는 사원. 나는 의사가 아닌 인턴이었다.

인턴도 수련이다. 초음파 기계를 옮기고, 다른 직원이 점심을 먹으러 간 사이 생긴 일을 대신 처리해 주는 것이 수련의 일부인 것인가? 나는 노동을 하러 온 것일까, 수련을 받으러 온 것일까. 굳이 내가 없어도 돌아갈 것만 같은 이 병원에, 애매한 위치에 있는 신입 인턴의 자리가 개탄스러웠다. 스스로 나를 더 의사답게 만들어야 견딜 수 있을 것 같았다. 내가 왜 이 병원에 존재해야 하는지 그 이유를 다시 생각해 볼 수밖에 없었다.

죄인

조심스럽게 병실 문을 열었다. 60대 여성 환자가 누워있었다. 까만 뿔테 안경에 또렷한 눈매, 턱밑으로 조금 내려온 단발머리를 한 여성이었다. 그 옆에는 남편과 아들이 있다. 나를 보자 그녀는 체념한 듯 내게 말했다.

"꼭 지금 해야 하나요?"

내 손엔 환자 머리를 삭발하기 위한 이발기가 들려 있었다. 머리 수술을 받기 위해서 삭발을 해야만 했다.

여성에게 머리칼이란 누군가에게는 그저 신체의 일부가

아니라 더 많은 의미를 담고 있을 수 있다. 아름다움을 극대화해주는 머리칼. 그녀는 그 순간을 얼마나 피하고 싶었을까. 그런 순간 마음은 참담하다. 누군가로부터 그의 커다란 삶의 의미를 빼앗는 것 같은 느낌. 삶을 찾기 위해 삶을 빼앗는 순간이 싫었다.

그녀에게 비닐 옷을 입혔다. 그녀는 모든 것을 체념한 듯 눈을 감았다. 잠시 뒤 정적을 깨는 기계음이 병실 가득 울려 퍼졌다. 이런 마음을 모르는 듯 이발기는 지나는 곳마다 그녀의 두피를 황량하게 만들었다. 비닐 위로 까만 머리칼이 뭉텅이 채로 떨어졌다. 햇볕에 그을려본 적이 없는 그녀의 정수리가 흰 종이처럼 하얗기만 했다.

어느새 그녀 눈가에 고였던 눈물이 볼을 타고 흘렀다. 그녀도 그녀의 가족도, 나 역시도 아무 말도 할 수 없었다. 절반쯤 머리를 정리했을 때였다.

"우리 엄마 예쁘네."

그 모습을 바라보던 그녀의 아들이 정적을 깨며 눈물을 머금은 목소리로 말했다. 순간 그녀의 남편도 나도 눈물을 흘렸다.

나의 흰색 가운이 누군가에게는 생명을 살리는 존재가 될 수 있지만 누군가에게는 환영받지 못할 존재라는 생각이 들었다. 고통을 줄여주기 위해 고통을 주어야 할 때, 가족과 영원한 이별을 고할 때. 난 늘 죄인이 되었다.

선생님도
여기 아프겠다

소아청소년과 인턴 때의 일이다. 그녀는 4살이었다. 동네 사진관을 지나다 보면 자주 보게 되는 액자 속 아기의 모습 같이, 뽀얀 피부에, 동글동글한 얼굴, 귀여운 목소리를 가지고 있었다. 어른들의 말도 잘 들어 병동 사람들의 사랑을 듬뿍 받는 아이였다.

가엽게도 아이는 혈액암을 앓고 있었다. 맛있는 것도 많이 먹고 한창 뛰어놀 나이에 정기적으로 항암제를 투여받기 위해 병원에 오고 있었다. 그런데도 씩씩하게 병원에 들어오는 아이의 모습에 나까지 대견함을 느꼈다.

항암제는 독한 약이다. 얇은 혈관에 반복 투여하면 그 혈관이 다 타들어 죽어버릴 수 있다. 그래서 많은 환자가 큰 혈관에 관이 들어가 있는 장치인 '케모포트'를 가슴에 가지고 있다. 이 가녀린 아이도 오른쪽 쇄골 피부 아래에 100원짜리 동전만 한 케모포트가 있었다. 내가 할 일은 굵은 바늘로 이곳을 찔러 채혈을 하거나 소독하는 일이었다. 그러다 보니 매번 입원할 때마다 나에게 찔려야 하는 아이들은 내 가운만 봐도 울기도 했다.

아이가 다시 항암치료를 위해 입원했다. 반복되는 힘든 치료에 머리가 점점 빠지다 못해 드러난 두피가 휑하게 보였는지 이번엔 예쁜 두건을 머리에 쓰고 왔다.

"우리 ○○이 모자 너무 예쁘네!"

간호사 선생님의 칭찬에 아이는 부끄러워하며 천사같이 웃었다. 그 모습에 나도 마음 아픈 미소를 환하게 지었다. 바늘을 삽입할 세트를 준비해 아이에게로 갔다.

"○○아, 안녕!"

아이가 최대한 두려움을 느끼지 않도록 밝게 인사했다. 침대에 앉아 있는 아이와 눈높이를 맞추며 바닥에 무릎을 꿇고 앉았다. 아이는 막상 시퍼런 바늘과 마주하자 무서웠는지 엄마를 보고 칭얼거렸다. 그러다가 아이의 시선이 내 옷 사이에 비친 가슴의 상처로 향했다. 그리고 이어진 전혀 예상치도 못했던 한마디.

"선생님도 여기 아프겠다."

한껏 걱정스러운 표정으로 내 빨간 흉터를 보며, 고사리 같은 손을 갖다 대었다. 순간 나는 끝을 알 수 없는 아이의 순수하고 착한 마음에 몸이 저리듯 찡한 느낌이 들었다. 어떻게 고통의 순간 앞에서도 다른 사람을 위로할 수 있을까. 정말 아기 천사가 눈앞에 있는 것일까? 아이는 치료가 끝난 후에도 감사하다는 인사를 잊지 않았다.

5분 남짓 되는 짧은 시간 동안 아이에게 오히려 내가 치유를 받았다. 이 아이에게 사람을 위로하는 법을 배웠다. 나의 상태와 관계없이 다른 사람을 아낄 수 있는 순수한 마음. 그 마음을 잊지 않고 기억하기로 다짐했다. 꼭 환자를 완벽히 치료하는 일에서만 즐거움을 얻는 것이 아니었다. 결국 사람과 사람 사이의 일, 그 사소한 일상들 속에서 나 역시도 치유를 받을 수 있다. 이 아이와의 만남이 정말 즐거웠다. 소아청소년과를 떠나는 날 아이에게 손을 흔들며 인사했다. 꼭 나아서 이렇게 착한 마음을 가진 훌륭한 사람이 되어달라고 마음속으로 전하며.

그것 하나도 못 하면
어떻게 합니까!

한 달은 쏜살같이 지나갔다. 방금 출근한 것 같은데 정신 차려보면 퇴근 시간이 되어 있고, 그것이 반복되는가 싶더니 어느새 다음 과로 이동해야 할 시간이 다가왔다.

감염내과에 배정받았을 때의 일이다. 이곳은 여러 가지 원인으로 인해 발생하는 감염 질환을 진단하고 치료하는 진료과이다 보니 열의 원인을 찾지 못해 입원한 환자들을 자주 접하게 된다.

이렇게 알 수 없는 질병의 원인을 찾기 위해 시행하는 검사 중 '골수생검'이란 검사가 있다. 이것은 골수 세포의 이상 또는 이상증식 여부를 관찰하기 위해 골수의 표본을 채취하는 검사이다. 골수는 뼛속에 들어있어 긴 바늘로 정확하게 뼈를 뚫어 채취하게 된다. 뼈를 관통한다는 사실만으로도 환자에게도 부담이 되는 검사다 보니 의사들은 반드시 필요할 때만 이것을 권한다.

감염내과로 배정받고 며칠이 지났을 무렵 나에게도 '골수생검'에 참여할 기회가 찾아왔다. 나의 임무는 주치의로부터 채취된 골수가 든 주사기를 건네받아 20개의 투명 글라스 위에 물방울처럼 조금씩 떨어뜨리는 역할이었다.

초등학생도 할 수 있는 간단한 과정이었지만 채취 후 수 초 내에 굳어지는 골수의 성질 때문에 무엇보다 제시간 안에 스무 개의 글라스 위에 정확한 위치에 적절한 양만큼 떨어뜨리는 것이 매우 중요한 작업이다. 만약 실패할 경우 환자에게서 다시 채취하는 과정을 반복해야 하기 때문에 환자에게도 여간 부담이 되는 검사가 아닐 수 없다.

검사 전날까지 인터넷으로 동영상을 찾아보고 모르는 것

은 이미 경험한 동기들에게 물어 이미지 트레이닝을 했다. 검사 전날 당직 근무 중 시간이 빌 때마다 주사기에 물을 넣어 정해진 시간 안에 안전하게 떨어뜨리는 연습을 하고 또 했다. 그렇게 수없이 연습을 하고 나니 잘할 수 있겠다는 자신감이 가슴속 깊은 곳에서부터 생겼다.

드디어 검사 당일. 샤워를 하고 나온 뒤 거울 앞에 허리를 꼿꼿이 펴고 거울 속 나에게 주문을 걸었다.

"잘할 수 있다. 힘내자."

한결 마음이 가벼워진 것이 느껴졌다. 준비를 끝내고 그날 하루를 바쁘게 보내던 중 드디어 골수 검사를 위해 처치실로 오라는 주치의 선생님의 전화를 받았다. 처치실은 의료용 침대 두 개 정도가 넉넉하게 들어갈 수 있는 공간이다. 안쪽으로 들어서니 한쪽에 환자가 엎드린 채로 침대 위에 누워 있었다. 이미 사람들은 시술 준비로 분주했다. 나도 서둘러 자리를 잡았다.

바늘은 양쪽 골반뼈를 각각 한 번씩 뚫을 예정이었다. 나는 뼈가 잘 보이도록 엉치뼈 위까지 바지를 적당히 내렸다. 주사기가 들어갈 부분을 소독한 후에 초록색 수술포로 처치해야 할 부분만 남기고 나머지 신체 부위를 덮었다. 준비하는 내내 골수를 건네받은 다음 과정을 끊임없이 생각하고 또 생각했다.

주치의 선생님이 마취를 하고 골수를 채취하기 위한 주사기를 들고 왔다. 골반뼈 안쪽 깊숙이 찔러야 하기 때문에 주사기는 일반 주사기보다 2~3배는 길고 두꺼웠다. 엎드려 있는 환자의 허리에 주사기를 대고 위치를 잡았다. 서서히 밀어 넣기 시작했다. 주사기의 바늘이 서서히 피부 속으로 사라지며 뼈와 마찰음을 일으키면서 '끽끽' 소리를 냈다.

잠시 뒤 검붉은 골수가 투명한 10cc 주사기 안을 채우기 시작했다. 골수가 차오를수록 내 차례가 임박했음을 알 수 있었다. 심장이 점점 두근거렸다.

드디어 채취가 마무리됐다. 담당 의사는 검붉은 골수가 가득 찬 주사기를 나에게 건넸다. 아직 따뜻한 골수의 온도가 라텍스 장갑을 낀 손끝을 타고 전해졌다. 지난밤 수없이 연습했던 대로 주사기를 눈앞의 글라스 위에 고정하고 집중하기 위해 잠깐 숨을 멈췄다. 스무 개의 유리 글라스가 어서 채워주길 기다리고 있었다. 배운 대로 주사기를 손가락으로 약하게 '툭' 하고 쳤다. 나오지 않았다. 다시 한번 주사기를 툭 쳤다. 이번엔 조금 더 세게 쳤다. 순간, 골수가 글라스 위로 소주 반 잔 정도의 양이 흘러넘쳤다. 지난밤 연습할 때처럼 전혀 되지 않았다. 첫 번째부터 실수라니… 깜짝 놀라 정신이 번쩍 들면서 식은땀이 한 방울, 두 방울씩 허리를 타고 흘러 내려가는 것이 느껴졌다. 첫 시작부터 실패했다는 죄책감과 환자에 대한 미안함, 쏘아보는 주치의에 대한 두려움이 범벅이 되어 기계처럼 정확히 움직여야 할 주사기는 무질서하게 움직이기 시작했다.

"선생님, 지금 뭐 합니까! 그걸 그렇게 많이 쏟으면 어떻게 해요!"

지켜보던 주치의 선생님의 날카로운 한마디가 날아와 귀에 꽂혔다. 이미 나는 제정신이 아니었다. 실수를 만회하기 위해 다음 글라스 위에 주사기를 위치했다. 그리고 다시 주사기를 쳤다.

'툭'
'주르륵'

또 실패다. 골수는 다시 아까 흘린 만큼 넘쳤다. 갈 곳을 잃은 동공은 시선을 둘 곳 없어 이리저리 방황하고 있었다. 이미 내 머리는 하얗게 변해 아무 생각이 나지 않았다. 당황은 더 큰 당황을 불렀다. 순간 옆에서 주치의 선생님이 차갑게 말했다.

"인턴 선생님. 연습 안 했어요? 이럴 거면 오늘 왜 나왔습니까? 못 할 것 같으면 그렇게 혼자 당당히 오지 말았어야 하는 것 아닌가요? 나서지 말고 이쪽으로 나와 있어요. 내가 할 테니까."

결국 난 어젯밤 수없이 했던 이미지 트레이닝과 물을 넣은 주사기로 연습을 한 효과는 단 하나도 보지 못한 채 한쪽 구석으로 밀려났다. 내가 할 수 있는 일이라고는 그저 모든 과정을 지켜보는 것 뿐이었다. 지금 이곳에서 내가 쓸모없는 사람이란 사실이 비참했다.

　　종종 TV에서 '기회'를 잡는 사람들을 보곤 한다. 잠시 들렀던 쇼핑몰에서 명함을 받아 연예인으로 데뷔를 하기도 하고, 해외 진출과 국내 잔류를 고민하다가 해외로 나가 더욱 잘되는 운동선수를 보기도 한다. 그들을 보면서 많은 사람들이 이야기하는 것은 '기회를 잘 잡았다.'였다. 이들은 한순간의 선택으로 자신의 인생을 획기적으로 바꾸기도 한다.

　　하지만 나에게 '기회'라는 것은 다른 의미의 무게일 때가 많다. 나의 선택과 결정으로 인해 한 사람의 생명을 지킬 수도 있다. 나의 아주 사소한 행동 하나가 그와 연결된 가족, 사랑하는 연인들을 지켜낼 수도, 아닐 수도 있을 것이다. 골수생검은 그 자체로는 생명과 직결되지 않는 검사지만, 그 기회의 무게를 내가 너무 쉽게 들려고 했다는 생각이 나를 괴롭게 했다. 더 심한, 돌이킬 수 없는 실수를 했다면 어떤 일이 일어났을까를 상상하면 등골이 오싹해졌다.

학생 시절 한 교수님께서 하신 말씀이 생각났다. 의사는 자신이 할 줄 아는 것과 모르는 것을 정확히 구별할 수 있어야 한다고 하셨다. 쉽게 구별할 수 있을 것이란 생각은 내 자만이었다. 몇 번이고 할 수 있는지 스스로 질문을 던지고, 그 답과 해결책까지 정확히 갖고 있어야 한다는 것을 배웠다. 실수를 통해 조금이라도 좋은 인턴, 의사가 되기 위하여 한 걸음씩 내딛고 있었다.

내가 흔들리면
안 돼!

오랜 시간 움직일 수 없어 누워있는 환자들이 피할 수 없는 것이 욕창이다. 보통 몸을 움직이지 못해 침상에 오래 누워있는 환자에게 많이 생기게 된다. 그러다 보니 등 아랫부분이나, 침대에 닿아있는 팔꿈치나 발뒤꿈치 같은 곳에 자주 생긴다.

이 때문에 자주 소독을 해줘야 하는데 그 또한 내 몫이다. 축 늘어진 환자의 몸을 이리저리 뒤집어가며 소독하고 거즈를 채우고 덮는다. 장시간 허리를 숙인 채로 하다 보면 허리가 끊어질 듯 아프다. 하지만 그것보다 참기 어려운 것은 욕창 특유의 냄새였다.

감염내과 첫날, 내가 드레싱을 해야 할 욕창 리스트에 한 환자가 눈에 띄었다. 이 리스트에는 환자의 어떤 부분을 어떻게 소독해야 하는지 적혀 있다. 쓰여 있는 대로 준비물을 챙겨 카트에 담고 환자가 있는 6인실로 향했다.

병실에 들어서니 6인 중 5인의 커튼은 활짝 열려 있었지만 단 한 곳 열리지 않은 자리가 보였다. 직감적으로 그곳이 환자가 있는 곳임을 알아차렸다. 대게 욕창 환자들은 냄새와 수치스러움 때문에 스스로를 단절시키는 경우가 많다. 이 때문에 육체적인 부분뿐만 아니라 정신적으로도 힘들어 이런 환자들은 자존감이 낮아져 있는 경우가 많다.

발길을 그쪽으로 향했다. 가까이 다가갈수록 조금씩 짙어지는 냄새를 맡을 수 있었다. 커튼으로 둘러싸여 있으니 안쪽은 냄새가 더 심할 것이다. 하지만 이때 중요한 것은 환자에게 그것을 내색하지 않는 것이다. 의사인 내가 자칫 얼굴을 찌푸려버리면 이 사람은 더 이상 기댈 곳이 없을 수 있기 때문이다. 나는 커튼을 젖히기 전 심호흡을 하고 밝은 모습으로 커튼을 잡았다.

"○○○님, 소독하러 왔습니다. 커튼 걸을게요."

환자는 파마머리를 한 체구가 좋은 40대 후반의 여자였
다. 눈을 마주치려 했지만 그녀는 이불을 턱 밑까지 끌어올
려 잡은 채 시선을 피했다. 이불을 걷으려다 잠시 멈췄다. 생
각해 보니 욕창 소독은 인턴들이 담당하고 있었다. 그녀 입
장에서는 매달 다른 의사에게(심지어 남성 의사에게) 자신의 치
부를 보여야 하는 것이다. 상상만으로도 그녀의 수치스러움
을 느낄 수 있었다. 나는 당기려던 이불에서 손을 떼고는 그
녀 옆에 섰다.

"안녕하세요. 이번에 새로 온 김민규라고 합니다. 이번 달
에는 제가 선생님을 담당하게 되었습니다. 지난번보다 불편
한 곳은 없으신가요?"

"지금은 어떠세요?"
난 가능한 많은 질문을 했고 그녀의 짧은 대답에 적극적
으로 귀를 기울이려 했다.

마음이 통했는지 그녀는 이내 이전에 자신을 담당했던 인턴 이야기, 친척이 땅을 산 이야기, 자신이 이렇게 된 이야기를 꺼냈다. 그녀는 30대에 교통사고를 당했다. 척추뼈가 부러져 수술을 받았지만, 하반신 마비를 피할 수 없었고, 그 후부터 침상 생활이 시작되었다고 했다. 얼마나 힘들었을까. 한창 생업을 위해 열정적으로 달려야 할 때 멈추게 되었으니. 아마 이 생(生)을 떠나고 싶은 마음이 들었을지도 모른다. 환자의 고통은 아무리 의사라 할지라도 함부로 이해할 수 있는 영역이 아니다. 당사자만이 가장 힘들고 고통스럽다. 의사로서 내가 할 수 있는 일은 그저 최대한 공감을 해주고 위로를 건네는 것뿐이다.

짧지만 많은 이야기가 담긴 대화를 나눈 후 그녀는 이내 이불을 잡고 있던 손가락에 힘을 풀며 말했다.

"그럼 잘 부탁드려요. 선생님."

이불을 걷어내고 축 늘어진 그녀를 뒤집었다. 마스크를 썼지만 생전 처음 맡아보는 악취가 온몸을 덮쳤다.

상태는 예상보다 심각했다. 허리 중간부터 시작하여 엉덩이의 절반까지가 모두 욕창이었다. 상처의 경계를 이루는 살은 오랜 시간 눌려 있어 결이 흐물흐물했고, 피부는 균이 파먹은 듯 불규칙하고, 주변으로 피가 비쳐 흐르고 있었다. 중심으로 갈수록 상처는 깊어졌다.

채우고 있던 소독제를 빼내자 텅 빈 공간들이 모습을 드러냈다. 욕창이 진행되는 동안 살이 있어야 할 공간의 살이 모두 없어져 척추뼈가 듬성듬성 허옇게 비쳤다. 분명 사람은 살아 있는데, 내가 보는 부분은 죽어 썩은 사람의 몸이었다.

게다가 그녀는 하반신이 마비되어있기 때문에 대소변도 가릴 수 없었다. 욕창, 악취, 기저귀, 발가벗겨져 있는 하체. 왜 그토록 두꺼운 껍질로 덮고 가리려 했는지 이해가 되었다. 허리를 숙인 채 40분 동안 드레싱이 진행되었다. 환자는 고통에 끙끙 신음을 삼키고 나도 힘든 자세를 유지하며 소독제를 욕창에 채워 나갔다. 이렇게 하루에 세 번 환자와 나 모두에게 힘든 만남을 이어갔다.

어느 날 드레싱을 하러 온 나에게 그녀가 말을 걸었다.

"근데 선생님. 나 기운도 없고 몸이 좀 붓는 것 같아요. 주치의한테 얘기했어요."

원래 몸이 컸던지라 붓고 있다는 의식은 거의 하지 못했다. 확인하기 위해 정강이 안쪽을 엄지손가락으로 눌렀다. 원래는 뼈와 살만 있어야 할 부분에 물이 가득 차 엄지손가락이 누른 자국이 사라지지 않았다. 소변도 잘 나오지 않는다고 했다. 신장 기능이 극도로 떨어졌을 때 나타나는 현상이었다. 인공투석이 필요할 수 있었다. 그녀에게 치료가 필요한 상황이라고 언질을 해 두었다. 환자의 눈빛이 흔들렸다. 알겠다고 하는 대답에는 자신이 없었다.

다음 날, 환자는 투석을 거부했다. 이 소식을 전해 듣고 왜 투석을 받지 않느냐고 물었지만 그녀는 끝내 거부했다.

"나는 꼭 살고 말 거예요. 의사들이 공부는 많이 했을지 모르지만 내 몸은 내가 제일 잘 알아요. 투석받는 거, 그거 포기하는 거잖아요. 나는 포기 안 할 거예요. 두고 봐요. 내 곧 나을 테니."

답답했다. 신장 기능이 돌아오게 하기 위해선 투석이 반드시 필요했다. 그 뒤로 환자를 찾아가 몇 번이고 설득했지만 소용없었다.

환자에게 나온 처방을 보고 암담함을 감출 수 없었다. 감염을 피하기 위해 독한 항생제, 그로 인해 점점 나빠지는 장 기능을 막기 위한 약, 투석을 거부함으로써 생기는 부종과 전해질 불균형을 피하기 위한 약을 쓰고 있었다. 일종의 돌려막기를 하는 것이다. 마지막 중에서도 마지막 치료들인 것 같았다. 지금에서 상태가 더 악화된다면? 생각만 해도 가슴이 저렸다.

"민규 쌤. 요새 그 환자 때문에 마음 앓이가 심하지? 이럴 때 나도 제일 난감해져. 치료 방법이 있는데 환자가 거부

할 때 말이야. 계속 설득을 해야 하는지 아니면 환자가 믿고 있는 굳은 신념을 지켜줘야 하는지. 우린 의사지만 모든 병을 교과서대로 고칠 수 있는 게 아니야. 때론 그들의 신념과도 싸워야 하는 거지. 그것에 자신이 쓰러지지 않도록 해. 의사는 최후의 보루야. 최후의 보루가 흔들리거나 쓰러지면 환자들은 더는 기댈 곳이 없어져. 그 부분을 명심하라고."

내가 부러지면 나무는 쓰러진다. 내가 버텨야 할 무게는 늘어갔다. 환자는 의식이 희미해지기 시작했다. 몸은 점점 부어 피부가 트고 있었고, 빠져나갈 곳이 없는 수분은 튼 피부를 통해 스멀스멀 나오고 있었다. 장 상황 또한 악화되었다. 하루에 욕창 소독을 4번까지 늘렸다. 심지어 소독을 하는 중간에도 변이 나와 수없이 다시 하기도 했다. 순식간에 악화되는 상황에 정신을 차릴 틈이 없었다. 그러나 눈앞에서 더 처참해지는 광경에 내가 부러지면 정말 끝이겠다는 생각이 들었다. 해내야만 했다. 어느새 나의 일과 중 대부분이 욕창과의 전쟁이 되고 있었다.

그렇게 버티기를 일주일. 태풍의 눈에 들어서자 고요가 찾아왔다. 환자의 의식이 돌아왔다. 환자는 하루 푹 잔 것 같다고 했다. 마지막 일주일. 태풍의 위험 반원에 들어왔다. 바람은 더욱 거세져 이젠 버티는 데 한계가 있을 것이란 생각마저 들었다. 터서 갈라지던 전신의 피부가 버티지 못하고 죽어 벗겨지기 시작했다. 건들기만 해도 극도의 고통에 몸부림쳤다. "선생님 제발 살살…" 환자는 나에게 간곡히 부탁했다. 삶에 대한 의지로 부리부리하던 눈은 고통과 공포에 잠식되어 힘을 잃었다. 매번 진통제를 투여했지만 잘 듣지 않았다. 안타까울수록 손은 더 빠르게 움직여야 했다.

이제는 하루에 5번 전신의 피부를 멸균된 물로 닦고 수분을 유지하기 위해 바세린으로 덮으며, 변으로 착색된 욕창과 싸웠다. 소독을 할 때면 병동 전체 인력이 다 달라붙어 나를 도왔다. 그러나 부족한 사람으로 커지는 일을 처리하려니 나뿐만 아니라 모든 사람이 과부하가 걸리고 있었다. 그리고 내가 미처 생각도 못 했던 사람도 지쳐가고 있었다. 바로 이 환자의 보호자였다.

한 달의 마지막 날, 한 사람이 환자를 찾아왔다. 먼 친척인 보호자라고 했다. 직계 가족이 없는 환자를 지금까지 경제적으로 뒷받침해온 사람이었다. 그리고 주치의에게 이제 대학병원에서의 치료를 중단하고 요양병원으로 가고 싶다고 요청했다. 연고지 문제와 더불어 기하급수적으로 늘어난 치료비가 경제적으로 상당히 부담되었던 모양이다. 나만 버팀목이 아니었다. 가장 큰 버팀목은 역시 가족이었다. 그러나 금이 가버린 버팀목은 더 이상 쓰일 수 없었고, 태풍을 피해 나무는 뽑혀 다른 곳으로 떠나버렸다.

환자가 떠나던 모습을 기억한다. 끝까지 대학병원에서 치료받겠다던 환자는 보호자와의 짧은 대화 후에 상황에 수긍한 모양이었다. 풀이 죽은 표정을 보며 마지막 인사를 나눴다. 환자는 내 손을 잡고 말했다. 처음 봤던 경멸의 눈이 아닌 슬픔, 고마움, 두려움이 서린 눈동자로 "정말 고마웠어요."라고. 그렇게 한순간에 그동안의 모든 일이 담긴 인사를 끝으로 떠났다. 또 한 번 막연하게 나는 그곳에서도 환자가 잘 버티어주길 빌었다.

그리고 일주일도 되지 않은 어느 날, 환자가 하늘로 떠났다는 소식을 듣게 되었다. 꼭 살아낼 거란 환자의 목소리가 들리는 것 같았다.

나는 한 달 내내 초보 의사였다. 좋아질 것이란 막연한 기대를 했던 나 자신이 원망스러웠다. 내가 더 잘했더라면, 그때 그 판단을 하지 않았더라면, 끝까지 떠나지 않았더라면, 결과는 달라졌을지 모른다는 생각이 머리를 떠나지 않았다. 이렇게 허무한 엔딩을 맞이하게 한 많은 변수가 나를 괴롭혔다. 마음의 문을 연 순간부터 나도 환자에게 많은 정을 주었다는 게 느껴졌다.

한 달의 시간을 복기하며 하나하나 돌아봤다. 승기를 놓치게 한 악수들이 가슴을 후벼팠다. 길목을 막는 강력한 수에 최선의 수로 대응을 했다. 그러나 끌려다니기만 했다. 의사는 모든 상황을 컨트롤할 수 있는 사람이 아니었다. 이런 바둑을 많이 둬본 선배 의사들은 그 끝을 알고 한 발자국 뒤에서 상대의 수를 바라보았나 보다. 나도 그랬다면, 조금은 덜 아팠을까? 끝을 알았다면 그렇게 치열하게 싸울 수 있었을까?

한 가지 확실한 것은 나는 하늘로 돌아간 환자에게 부끄럽지 않다는 것이었다. 어떤 끝이 오더라도 의사는 치열하게 싸워야 한다. 이 환자를 맡고 있었던 그 누구도 전력을 다하지 않은 사람이 없었다. 아직도 책가방을 멘 것 같은 초보 의사를 도와준 간호사 선생님들, 간병인에게 감사하다. 그 모든 사람의 진심 어린 마음과 함께하기를. 부디 하늘에선 누구보다 자유롭고 고통 없이 평안하길 마음을 담아 기도한다.

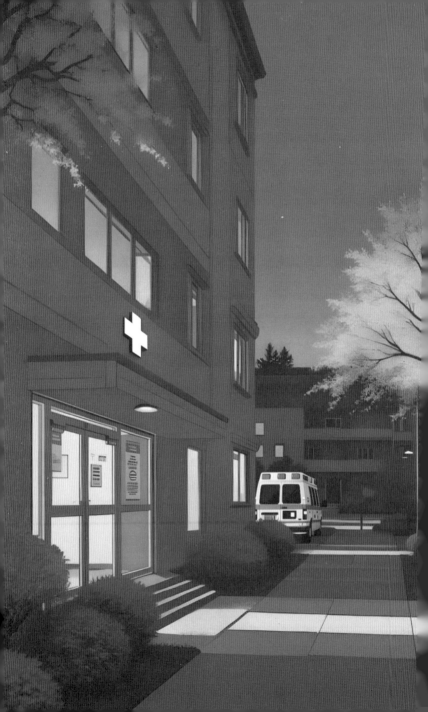

PART 4

따듯한 사람,
차가운 사람

사망선고

모두 잠든 새벽, 당직실로 한 통의 전화가 걸려왔다.

"선생님. 방금 한 분이 돌아가셨어요. 오셔서 사망 확인을 해주세요."

한 사람의 생이 마감되었는지를 확인하는 일이다. 생의 증거들을 찾아 그것들이 모두 쓸모가 없어졌음을 이야기해야 하는 일이다. 전혀 모르는 사람의 죽음을 선고하는 것만큼 힘든 일이 없다.

당직실에서 나와 무거운 발걸음을 옮겼다. 병원 전체에

불필요한 곳의 불은 모두 꺼져 있어 병실로 향하는 길에는 간신히 앞을 볼 수 있을 정도의 희미한 불빛만이 길을 밝혔다. 내 구두 소리가 불 꺼진 복도에 울렸다.

임종실의 이름은 무지개 병실이다. 왜 무지개 병실일까? 비 온 뒤 잠깐 동안 나타나는 무지개를 보며 신기하고 즐거웠던 기억이 있다. 그런 기분으로 마지막을 보내드리려고 하는 것일까.

병실 문을 두드리고 조심히 문을 열었다. 침대에 환자가 누워있고 옆에는 심장을 볼 수 있는 모니터가 서 있었다. 여러 숫자와 다양한 무늬를 띄우고 있어야 할 모니터에는 초록색 직선 하나만이 멈춘 심장을 그리고 있었다. 침대 아래에 있는 의자에는 슬픔에 잠긴 가족 5명이 앉아 있다가 나를 보고 일어섰다. 준비된 죽음에 내 확인을 기다리고 있었다. 아직 마음의 준비가 안 된 아들은 환자의 손을 잡고 머리를 쓰다듬고 있었다. 같이 들어온 간호사 선생님이 내가 환자를 확인할 수 있도록 자리를 정리해 주었다.

환자는 말기 간암 환자였다. 피부는 황달로 모두 노랗게 변해있었다. 암이 모든 에너지를 잡아먹은 듯 환자는 뼈밖에 남지 않았다. 얼굴은 거의 두개골이 다 드러났다. 환자 정보를 보지 않았다면 여자인지 남자인지도 잘 분간이 가지 않을 정도였다. 이제 정말 돌아가셨는지 확인해야 한다. 차분히 관찰을 시작했다.

환자의 심전도는 일직선으로 아무런 소리도 나지 않았다. 심장이 멈추고, 전기신호마저 없다는 것이다. 조심스럽게 조금은 딱딱해진 눈꺼풀을 들어 올려 눈동자를 확인했다. 동공이 풀려 초점이 없었다. 불빛을 비춰보아 반응이 있는지를 확인했다. 반응이 없었다. 조심스러운 손길로 뜬 눈을 감겨 드렸다. 청진기를 가슴에 대어 호흡음이 들리는지 확인했다. 아무 소리도 들리지 않았다. 마지막으로 심장 박동이 있는지 다시 확인했다. 어떤 생체 징후도 이 환자가 살아 있다고 나타내지 않았다. 혹시 모를 내가 걱정했던 어떤 상황도 없을 것이 확실했다. 불행인지 다행인지 가늠하기 어려웠다.

침대 끝으로 자리를 옮겨 가족들이 환자 옆에 있을 수 있도록 했다. 내가 시계를 쳐다보자 가족들이 한 명씩 이별의 순간을 알아차리고 울음을 터뜨리기 시작했다. 그 모습에 내게도 있었던 이별이 떠올랐다. 슬프지만 흔들릴 수 없었다. 담담하려고 감정을 눌러 담으며 입술을 떼었다.

"2019년 ○○월 ○○일"

모든 보호자들이 슬픔을 감추지 못했다. 순간적으로 나도 목이 메었다.

"03시 15분 ○○○님, 사망하셨습니다."

방 안을 채우고 있던 사람 중 한 명이 줄었다. 줄어든 숫자보다 훨씬 큰 슬픔이 방 안을 가득 채웠다. 자리를 비켜주는 것이 최선이라고 생각하고 조용히 묵례를 하고 빠져나왔다. 사망진단서를 쓰기 위해 컴퓨터 앞에 앉았다. 이 사람의 몇 십 년의 인생이 내가 쓰는 종이 한 장의 서명으로 끝났다.

돌아오는 길은 임종실로 향했을 때보다 불편한 마음이 가득했다. 결코 익숙해지지 못할 것 같은 느낌이었다. 아직 들려오는 울음소리를 뒤로 한 채 발걸음을 옮겼다. 다시 불 꺼진 복도를 걸었다. 아직 떠나지 못한 사람이 서 있을 것만 같았다.

슬프고 허무했다. 옆에서 보는 것만으로도 느껴지는 마음의 무게가 버거웠다. 죽음이 싫어 살리고 싶다는 생각으로 의사가 되었지만, 어쩐 일인지 인턴을 시작할 때부터 삶보다 죽음을 자주 겪게 되었다. 시신을 정리하고, 사망을 선고하는 등의 일들 말이다. 어쩌면 죽음의 허무함과 슬픔을 알아야 삶이 주는 소중함을 더 깊이 알게 되는 것이 아닐까 생각해 본다. 그래서 이런 일들을 먼저 경험하는 것이 아닐까?

당직실에 도착한 후, 극도로 피곤한 몸은 바로 잠을 불러왔다. 죽음을 선고하고도 잠이 오다니 죄책감이 들었다. 그러나 몇 시간 후면 아직 세상에 남아 있는 사람들을 위해 일해야 했다. 깊이 생각할수록 잠들지 못할 것 같았다. 베개에 머리를 묻었다.

너 말고
의사 불러

시골 파견병원 응급실 휴일 근무는 외로웠다. 24시간 동안 의사가 나 하나뿐이기 때문이다. 아는 것도 많지 않고 경험도 없어 초라하지만, 조금이나마 환자에게 도움이 되는 일을 해야 한다는 사명감을 가지고 버텨 내었다. 황야에서 살아남도록 던져진 어린아이가 된 기분이었다.

한 60대 남자가 부인과 함께 내원했다. 지팡이를 짚고 등산복을 입고 천천히 걸어 들어와 너무나도 자연스럽게 응급실 침대에 누웠다. 마치 자기 집을 들어오듯이 자연스러운 움직임이었다. 별로 아프지 않아 보이는 표정을 보며, 내 능력 밖의 중환이 아니라는 생각에 한시름을 놓았다. 환자에게 문진을 시작했다.

"어디가 불편해서 오셨어요?"

"기운이 하나도 없고 어지러워."

환자는 대뜸 반말을 던졌다. 기운이 없다는 말에 다시 촉각이 곤두섰다. 3월 응급실에서의 악몽이 떠올랐다. 그때의 일을 되풀이하지 않기 위해 긴장을 놓치지 않았다. 환자는 대장암으로 서울에서 항암치료를 받고 있다고 했다. 4일 전에 항암치료를 받고 퇴원하여 집에 있다가 기운이 없어 왔다는 것이다.

"혹시 진단서나 어떤 약 드시고 있는지 처방전 가지고 온 것 있으세요?"

"없어요." 부인이 차가운 말투로 대신 대답했다.

"기운이 없으니 어떻게 좀 해줘 봐요. 영양제나 한 대 놔 주든지."

마치 식당에서 주문하듯이 말을 던졌다.

"여긴 응급실이라서 영양제는 없습니다, 환자분. 기운이 없으시니까 빈혈이나 다른 문제는 없는지 제가 피검사 좀 해 보고 필요한 수액 있으면 처방해드릴게요. 괜찮으시겠어요?"

환자는 머리를 보는 영상검사 등 다른 것은 모두 거부했다. 차라리 빈혈이 있거나, 저혈당이 있거나 해서 기운이 없을 만한 이유가 있길 바랐다. 평소 환자의 상태나 투약 등을 아무것도 모르는 장님인 상태에서 기운이 없을 만한 이유를 찾아내는 것은 사막에서 바늘 찾는 격이기 때문이다. 응급한 질환을 다룰 준비를 하고 있어야 하는 응급실에서 기운 없는 것에 대한 원인을 속 시원하게 파헤쳐 내는 데에는 어려움이 있었다.

피검사에서는 아무런 이상이 없었다. 모든 수치가 정상 범위 중간 정도에 쏙 들어가 있었다. 염증도 없다. 항암치료를 받은 지 얼마 되지 않아 기운이 없을 것이란 생각 외에 떠오르는 것이 없었다. 모든 게 정상인 상태에서 기운이 없는 환자에게 무엇을 해줄 수 있을까?

"환자분, 지금 피검사로는 빈혈 수치도 정상이시고, 저혈당도 없으시네요. 다른 것도 정상 범위여서 지금 특별히 문제 될 것은 없어 보입니다."

"아 그래요?" 환자는 잠시 생각하더니,

"그럼 이왕 온 김에 알부민 하나만 놔줘 봐요." 하고 말했다.

나는 아픈데 아무 이상 없다는 의사에 말에 화가 나거나 어이가 없었던 경험이 누구나 한 번쯤 있을 것이다. 처음으로 반대 입장이 되어 보았다. 지금 당장 불편하고 아픈 사람에게 아무것도 해줄 게 없다는 의사의 역할 말이다. 환자는 이런 상황을 여러 번 겪은 듯 원하는 것을 정확하게 나에게 얘기했다. 그러나 이 환자는 알부민 수치가 너무나도 정상이었다. 오히려 상한치를 살짝 넘겨 있어 더 이상의 주입은 필요치 않았다. 오히려 탈수가 의심되어 일반 식염수 주입이 필요하다고 생각해 현 상황에 대해서 설명했다. 그러나 설명을 다 들은 환자는 한쪽 눈썹을 치켜올리며 천천히 비아냥거리듯 말했다.

"그나저나 여기 계신 우리 선생님은 전공이 뭡니까?"

"저는 아직 과가 정해지지 않은 일반의입니다."

"일반의면 인턴 같은 건가? 아니, 의사를 불러와야지. 지금 장난하는 것도 아니고. 제대로 뭔가 알기는 해?"

말문이 막혔다. 나는 인턴이니까 제대로 모를 수 있다. 철저하게 사실에 기반한 말로 나를 무시하는 발언에 풀이 죽을 수밖에 없었다. 한편으로는 사명감 하나로 버티고 있는 와중에 의사도 아니라는 말을 들으니 마음이 부글부글 끓었다. 그러나 이 상황은 어떤 의사가 와도 속 시원하게 문제를 해결할 수는 없을 것이란 생각이 들었다. 내 말이 하등 소용이 없다는 것이 너무도 분했다.

"그럼 제가 전문의 과장님께 전화 걸어서 확인시켜 드리면 될까요?"

"진작 그럴 것이지."

욱하는 마음을 누르고 자리로 돌아가 전화기를 마주했다. 이번에는 선배 전공의가 아닌 내과 과장님께 직접 전화해야 했다. 용기 있게 전화기를 들었지만, 연결음이 한 차례씩 들릴 때마다 점점 목이 조이는 듯 긴장이 되었다. '이런 것 하나도 제대로 해결 못 하냐고 혼나면 어쩌지?' 의사도 아니라는 무시를 위에서 아래서, 마치 당구공처럼 이리 치이고 저리 치이지는 않을까 하는 스트레스를 미리 받았다.

"과장님. 주말에 쉬시는데 죄송합니다. 응급실 인턴 김민규입니다. 응급실 환자 노티 드리려 전화드렸습니다."

지금까지의 상황에 대하여 쭉 설명했다. 다행히 과장님께서는 직접 통화하시겠다며 별말 없이 전화를 받아주셨다. 한 차례 언성이 높아진 후에 환자는 전화를 끊었다. 어떤 이야기가 오갔는지 알지는 못했다. 그러나 환자는 수액만 맞고 가겠다고 마음을 바꾸고 치료를 받은 뒤 말없이 떠났다.

그렇게 남겨진 응급실에서 나는 전보다 더 외로워졌다.

다음 환자를 보고 싶지 않아졌다. 나를 인턴이라고 또 무시하고, 내가 하는 말을 믿지 않을까 두려웠다. 과장님과 실랑이하는 환자를 보며 전문의가 되어도 환자가 나를 신뢰하지 않을 수 있다는 생각에 이렇게 힘들게 수련하는 것이 어떤 의미가 있나 싶기도 했다.

인스타그램에는 금수저 의대 동기들이 보인다. 졸업한 뒤 부모님의 재산으로 병원을 개업해 서울의 부자 동네에서 피부미용과 원장이 된 사진을 보았다. 밤새가며 일하지 않고 돈도 많이 버는 것 같다. 선생님 덕에 피부가 좋아졌다는 댓글을 보니 환자들과 관계도 잘 쌓은 듯한 모습이다. 찬 공기를 쐬러 응급실 앞으로 나갔다. 난 여기서 무엇을 위해 이렇게 지내는가 다시 생각해 봤다. 어두운 밤하늘 아래 '응급진료'라 쓰여 있는 빨간 간판이 유난히 버겁게 느껴졌다.

완벽한 오진

　주말 응급실. 여전히 나 혼자 지키고 있는 이곳에 중환이 밀려오자 정신이 없었다. 하루에 한 명 올까 말까 하다는 심근경색 의심 환자가 3명씩 쏟아지는, 말 그대로 운수 없는 날이었다. 이제는 가슴이 아프다는 환자가 오면 내 가슴이 멎을 것 같은 느낌이 들 정도였다. 오늘 일진이 좋지 않을 것이라는 예감에 긴장을 단단히 하고 혹시나 놓치는 것이 있을까 환자 한 명 한 명 노심초사하며 진료를 보았다.

　또 가슴이 아프다는 환자가 왔다. 80세 남자 환자였다. 거무튀튀하고 햇볕에 그을린 피부, 바지에 튄 진흙을 보니 밭일을 하시는 분 같았다. 고통이 상당한 듯 식은땀을 흘리고 있었다. 빠르게 내뱉는 조금은 거친 숨소리를 듣자 어쩌면 심각한 상황일 수도 있겠다는 생각이 들었다.

"환자분, 어디가 아파서 오셨어요?"

환자는 귀에다 손을 가져다 댈 뿐 대답을 하지 않았다. 나는 더 큰 소리로 응급실이 쩌렁쩌렁 울리게 물었다.

"환자분, 어디가, 아파서, 왔어요?"
"가슴이랑 등이 찢어질 듯이 아퍼. 나 귀가 안 들려서 크게 얘기해야 해."

몇 번의 대화 시도에도 환자는 잘 듣지 못해 의사소통이 거의 불가능했다. 귀가 안 들린다니! 가슴이 아플 때는 심각한 심혈관 질환들을 먼저 배제해야 한다. 언제부터 아팠는지, 어떤 식으로 아픈지, 먹고 있는 약은 있는지, 치료받은 과거력은 어떻게 되는지 등 산더미 같은 질문이 있지만 제대로 답을 얻은 것이 없었다. 가슴과 등이 찢어질 듯이 아프다는 말과 오로지 나의 관찰만으로 진단을 해야 하는 상황이었다. 막막한 상황에 숨이 턱 막혔다. 게다가 측정한 혈압이 200 가까이 되자 빠르게 대처해야 한다는 압박까지 생겼다.

단서를 하나씩 잡아 풀어나가야 했다. 시간이 소요되는 심근 효소와 관련된 피검사를 먼저 보내고, 환자의 몸을 살폈다. 대상포진과 같은 피부질환도 찢어지듯이 아프다고 할 수 있다. 검은 피부에서 딱히 의심할 만한 병변이 보이지 않았다. 다음은 청진이다. 기흉과 같은 폐 질환이 있거나 부정맥 등의 혈관 질환을 찾아낼 수도 있다. 소리는 거칠었지만 양쪽 폐 모두 호흡음이 감소하지 않았고, 심장 소리에서도 잡음이 들리지 않았다. '대체 무엇일까? 또 심근경색 의심 환자인가? 아니면 큰 혈관이 다쳤나?' 고혈압을 진단받은 적은 있는지, 지금 어지럽지는 않은지 너무나도 궁금해 또 소리 질러 물었지만, 환자는 못 알아듣겠다는 표정이었다.

이번에는 심전도를 봤다. 당장 심장 혈관이 막혔다는 징후는 보이지 않았다. 가슴 엑스레이도 정상처럼 보였다. 그러나 피검사에서는 심근 효소가 조금 상승해 있었다. '기흉도 아니고, 대상포진도 아니고, 심근경색도 아닌 것 같다.' 이제 머릿속에는 갑자기 나타난 흉통을 일으킬 수 있는 질환인 대동맥 파열이 떠올랐다. 조영제를 써서 CT를 찍어 봐야했다. 조영제는 특정 당뇨약을 먹고 있거나 신장이 안 좋은 사람에게 치명적일 수 있다. 묻고 싶지만, 답을 알 수 없으니 현재 피검사에 있는 신장 수치를 믿고 강행했다. 만약 혈압 200/170mmHg와 함께, 가슴이 찢어질 듯이 아프고, CT에서 대동맥에 혈관 손상이 보인다면 이건 초응급 수술이 필요한 상황일 수 있기 때문이었다. 제발 아니길 바라는 마음으로 CT실로 환자를 보냈다. 손이 조금 떨렸다.

환자가 돌아왔다. 다시 측정한 혈압도 190/150mmHg로 높았다. CT와 관계없이 혈압부터 좀 낮춰야겠다 생각했다. 환자에게 항고혈압제를 투여하도록 지시를 하고 그사이 드디어 나타난 CT를 봤다. 모니터에 까만 바탕에 조영제로 덮인 흰색 혈관과 심장이 나타났다. 스크롤을 내리다 멈칫했다. 대동맥 중간에 까무잡잡하고 긴 것이 대동맥을 나누고 있었다. 찢어진 것 같았다. 그러나 교과서처럼 명확하게 보이지 않았다. CT는 정밀할수록 여러 장으로 나뉜다. 가슴 하나만 찍어도 200여 장으로도 볼 수 있다. 100장 정도밖에 되지 않는 CT는 병변을 띄엄띄엄 보여주고 있었다. 긴장감만 높이고 진단은 미궁 속으로 빠졌다.

모니터에서 환자가 누워있는 침상으로 시선을 옮겼다. 무엇이 가장 옳은 판단일지 결정해야 했다. 애매한 CT 하나로 수술이 가능한 다른 병원에 전원을 보낼 것인지, 아니면 혈압만 조절하고 통증이 없어지는지 관찰을 할 것인지. 지금까지 내가 했던 판단들이 틀릴 수도, 그렇게 심각한 질환이 아닐 수도 있었다. 제대로 진단하지 못하고 일을 키운 능력 없는 의사라는 소리도 들을 수 있다. 그러나 조금이라도 맞는 것이 있다면 이 환자는 전문적인 치료를 받아야 함에 틀림이 없었다. 전원을 보내기로 결심했다. 판을 키우기로 했다.

국가에서 운영하는 홈페이지를 통하면 전국의 각 병원 응급실이 환자를 받을 수 있는 능력이 되는지, 응급수술이 가능한지 여부를 알 수 있다. 지도를 펼치고 남쪽, 북쪽으로 오르내려가며 전화를 돌렸다. 현재 상황을 이야기하고 답변을 기다렸다. 파견을 나와 있는 병원 주변으로는 수술 가능한 병원들이 없었다. 그러는 사이 시간이 계속 흘렀고 혹시나 환자의 상태가 안 좋아질까 등에서는 식은땀이 흘렀다. 그때 다행히도 모 병원에서 수술이 가능해졌다며 다시 전화가 왔다. 구원을 받은 것 같았다. 연신 감사하다고 인사를 했다. 드디어 무엇이라도 진행을 할 수 있게 되었다. 재빠르게 환자를 전원시켰다.

구급차가 도착하고 환자는 들것에 옮겨져 응급실을 나갔다. 환자의 표정이 불안해 보였다. 다시 큰 소리로 설명을 했지만 알아듣지 못했다. 갑작스러운 현재 상황에 얼마나 불안할까. 그러나 전달할 방법이 없으니 답답할 뿐이었다. 그저 아무 일이 없기를 바랄 수밖에 없었다.

사이렌을 울리며 나가는 구급차의 뒷모습을 멍하니 바라보았다. 환자가 나간 후 다시 응급실에는 마냥 개운하지만은 않은 평화가 찾아왔다.

하루 뒤, 전원을 보낸 응급실에서 전화가 왔다. 환자가 치료를 잘 받았다는 내용의 전화였다. '대동맥 박리'가 아닌 '대상포진'으로 말이다. 망치로 뒤통수를 얻어맞은 것 같았다. 그렇게 난리를 쳤는데 전혀 위급하지 않은 대상포진이라니. 나의 오진으로 환자와 가족들이 마음고생하고 여러 사람들이 힘들게 일했던 것을 생각하니 아찔했다. 창피해서 고개를 들고 다닐 수가 없었다.

응급실 과장님이 나를 부르셨다. 감옥에 끌려가는 죄인처럼 과장실 안으로 들어갔다.

"김 선생, 이야기 들었어. 신속하게 처리 잘했던데?"
"예?" 생각지도 못한 칭찬에 숙였던 고개를 들었다.

과장님께서는 아직 경험도 부족한 일반의로서 환자를 대충 보내지 않고 끝까지 최선을 다한 것을 칭찬해 주셨다. 그렇게 조금이라도 의심이 되는 것이 있다면 넘어가지 않고 진료를 봐야 정말 아픈 환자를 놓치지 않을 수 있다고 말씀하셨다.

당직실로 돌아왔다. 내 배움의 짧음이 느껴졌다. 더 공부하고 경험해야만 의사다운 의사가 될 수 있다는 당연한 결론이 현실로 다가왔다. 환자를 책임질 수 있는 사람이 되고 싶었다. 이 정도 실력으로는 어림도 없다는 생각이 들었다. 돈 앞에서 전문의가 되는 길을 고민한 스스로가 부끄러웠다. 그리고 시간이 지나서 전문의가 되더라도, 내가 모르는 무언가가 있으면 환자를 놓치지 않기 위해 모든 자존심을 내려놓아야 함을 기억해야겠다.

손바닥의 온기

귀뚜라미 소리만 들리던 밤 11시. 당직실 책상 위에 놓여 있는 핸드폰이 또 요란하게 진동했다. 응급실 전화였다. 또 어떤 일이 일어나서 나에게 전화가 왔을까. 잠깐 풀어졌던 몸이 순식간에 긴장 상태가 되었다.

"선생님. 저희 전원 급하게 가실 환자 한 분 있어요! 빨리 내려와 주세요!" 전화하는 간호사의 목소리가 다급했다. 벌떡 일어나 응급실로 뛰어갔다.

응급실 자동문이 스르륵 열리고, 전원을 보내기 위해 분주한 사람들이 보였다. 환자는 한 명뿐이다. 불안한 눈빛의

60대 아저씨가 심전도를 가슴에 붙이고 침대에 누워있고 그 옆에는 아내가 근심 가득한 표정으로 앉아 있었다. '이번에도 심장이구나.' 단번에 알 수 있었다. 스테이션에 앉아 있는 응급실 당직의는 처리할 서류들을 작성하느라 정신이 없어 보였다. 나도 그 옆에 앉아서 이 환자에 대한 파악을 시작했다.

환자는 내원하기 30분 전 갑자기 의식을 잃고 쓰러졌다고 했다. 쓰러진 이후 의식을 바로 되찾았으며 가슴이 답답해 응급실로 내원한 환자였다. 혈압이 조금 낮은 것 말고는 맥박 등 환자의 활력 징후는 비교적 안정적이었다. 다음은 심전도를 봤다. 12개의 지표 중 4개가 심근경색을 나타내고 있었다. 심장의 후벽 쪽인 것 같았다. 혈당은 600을 넘어가고 있었다. 의식의 소실은 혈당 때문일 수도 있다. 종합적인 징후를 보았을 때 전원을 통해 빠른 치료가 필요한 환자가 확실했다. 머리를 다치진 않았는지 CT 등을 찍어야 한다고 생각이 들었지만, 당직의는 일단 빨리 전원을 보내는 데 집중한 것 같았다. 내 판단으로는 더 주고 싶은 약들이 있었지만, 당직의는 약을 줘본 경험이 없다며 거부했다. 환자를 빨리 보내려고만 하는 태도에 화가 났다.

모든 준비를 마치고 환자, 보호자와 함께 응급실을 나섰다. 구급차의 트렁크가 위로 열리고 환자와 주렁주렁 달린 수액이 함께 먼저 들어갔다. 나는 옆에서 간호사에게 차에 어떤 응급 약물들이 있는지 물어 숙지했다. 심정지가 나타나면 내가 해결해야 했다. 안타깝게도 현재 상황에서는 심정지가 나타나기 전까지는 해줄 수 있는 것이 없었다.

구급차가 시끄러운 사이렌 소리를 내며 출발했다. 앞 좌석에는 운전 기사님이, 옆에는 보호자가 그리고 칸막이 뒤로 환자가 누워 있고, 나는 환자를 보며 옆으로 앉아 있었다. 환자의 가슴에 여기저기 붙은 센서들과 수액 선이 주렁주렁 뒤얽혀 난잡했다. 활력 징후를 보는 기계들은 '삐삐'거리며 요란한 소리를 냈다. 거기다가 차는 어찌나 심하게 흔들리는지 한쪽 팔로 손잡이를 잡지 않으면 중심을 잡을 수가 없었다. 말 그대로 정신이 없는 상황이었다.

환자도 이 상황이 어지러웠는지 눈을 감고 있었다. 그리고 나는 숫자들에 집중하느라 미처 보지 못했던 아저씨의 손을 보았다. 파르르 떨리고 있었다. 나도 모르게 그의 손을 잡았다. 할 수 있는 것이 이것밖에 없었다. 그저 조금이라도 안정을 찾을 수 있도록 돕고 싶었다. 그때 아저씨가 말했다.

"선생님… 손이 참… 따뜻하시네요. 마음이… 조금… 놓여요."

이윽고 앰뷸런스는 병원에 도착했고 주렁주렁 달린 수액과 함께 멀어져가는 그를 배웅했다. 그는 곧 병원 속으로 빨려 들어갔고 주변의 상황은 아무것도 아닌 그저 보통의 상태로 돌아왔다.

손을 펴서 손바닥을 물끄러미 바라봤다. 지난 시간이 머릿속에 파노라마처럼 흘렀다. 아버지가 내 입술을 꿰매주는 모습을 보고 의사가 되기로 결심했던 일, 동기들과 함께 밤새 토론하던 일, 실수를 연발하며 꾸중을 듣던 일. 짧은 시간에 벌어진 일들이 긴 시간처럼 흘렀다.

의사는 냉정해야 한다. 슬픔 앞에서도 냉정해야 하고, 좌절 앞에서도 무릎을 꿇으면 안 된다. 그 시간에 환자의 상태를 한 번 더 들여다보고 한 번이라도 더 심폐소생술을 해야 한다. 하지만 그의 손을 꼭 잡고 병원에 오는 내내 날이 잘 드는 메스보다, 생명을 연장해주는 기계들보다 때로는 따뜻한 손이 더 큰 치료가 될 수 있지 않을까 생각했다.

환자에게 더욱 따뜻한 의사가 되어야겠다. 아직도 손바닥에 그날의 온기와 감촉이 남아 있다.

PART 5

삶과 죽음의
경계에
내가 서있고

환자 pulse 있습니다!

응급실 근무 첫 번째 날이었다. 정적을 깨는 날카로운 전화벨이 울렸다. 옆에 있던 간호사가 전화를 받곤 황급히 내게 외쳤다.

"119 전환데요! 심정지 환자가 3분 뒤 도착한대요!"

갑작스러운 상황에 순간 긴장이 되기 시작했다. 그날은 내가 총책임을 맡은 날이었다. 게다가 CPR. 삶과 죽음의 경계에 있는 사람을 살리는 일. 정신 차리고 큰 소리로 외쳤다.

"CPR할 준비해주세요. 기관 삽관 준비해주시고,

Defibrillator(제세동기) 켜주세요. 코드블루 방송해서 병원에서 도움 주실 수 있는 분들 더 모아주세요!"

4명의 간호사가 일사불란하게 움직이며 수액과 바늘, 그리고 기계 등을 점검했다. 나도 급히 장갑을 끼고 잠시 숨을 골랐다. 1분 여가 지났을까? 저 멀리서부터 아주 작게 사이렌 소리가 들렸다. 소리는 점점 조금씩 커졌다. 사이렌 소리와 함께 곧이어 응급실 내부에 빨간색과 파란색을 오가는 요란한 불빛이 쏟아져 들어왔다. 잠시 뒤 응급실 문이 벌컥 열렸다. 환자는 대략 80살은 되어 보이는 왜소한 할아버지였다. 그 뒤로 아들인 듯한 50대 남성이 같이 뛰어 들어왔다.

10초도 되지 않아 환자는 병원 침대로 옮겨지고, 그 사이 병동에 있던 다른 인턴이 내려와 가슴 압박을 시작했다. 간호사들은 수액을 놓을 정맥을 잡고, 심전도를 붙이는 등 환자 주변이 매우 분주해졌다. 나는 어떤 환자인지 브리핑을 듣기 위해 119대원에게로 갔다.

"언제부터 CPR하셨어요? 환자에 대해 알고 있는 것 모두 이야기해 주세요."

그에 말에 따르면 환자는 근처 요양원에서 지내고 있었다. 아들이 바람을 쐴 겸 운동장으로 모시고 나와 산책을 하던 중 환자가 의식을 잃었다고 했다. 응급구조대원들이 학교 운동장에 도착했을 때 이미 환자는 쓰러져 있었고 그 옆에서 아들이 CPR을 10분 정도 하고 있던 상황이었다. 환자가 가지고 있는 기저질환에 대해서는 아는 것이 없었다.

중요한 건 이미 CPR을 시작한 지 최소 15분이 지났다는 것이었다. 그동안 맥박이 돌아왔던 적이 없다고 했으니, 앞으로의 15분이 정말 중요해졌다. 그 안에 해결을 보지 못한다면 희망은 없었다. 환자 옆에서 안절부절못하며 있는 보호자에게로 갔다.

"선생님 제발 저희 아버지 좀 살려주세요. 제발!"
보호자는 눈물을 흘리며, 나에게 손을 빌며 말했다.
"아버님. 제가 최선을 다해보겠습니다. 조금 진정하시고,

혹시 환자분 연세가 어떻게 되십니까? 다른 병 앓고 계셨던 거는요?"

"84세이시고, 최근에 병원 가셨던 적은 없으세요. 생각이 잘 안 나요. 제발……."

나이를 듣자 희망은 더 멀어졌다. 나이가 젊은 사람이라도 소생술의 결과는 확신할 수 있는 것이 아니다. 가능성이 너무 희박했다. 그러나 적어도 가시기 전, 숨을 쉬실 때 가족과 이별의 시간을 갖게 해 드리고 싶었다. 최선을 다해야 한다.

그 사이에 환자 주변에는 커튼이 쳐졌다. 빠르게 안으로 걸음을 옮겼다. 갑작스러운 심정지를 일으킨 원인이 과연 무엇일까 생각하며 상황을 보았다. ambu bagging(마스크를 통한 산소 공급)으로는 산소 포화도가 도저히 유지가 안 될 것 같았다. 숨구멍이 열려있도록 기관 삽관을 반드시 해야만 하는 상황이었다. 그러나 이 시술은 난이도가 있어 한 번에 성공하지 못할 확률도 있었다. 시도하는 동안에는 산소를 띄워야 해서 실패해 시간을 끈다면 오히려 역효과가 날 수 있는 상황이었다. 나는 모형에만 기관 삽관을 해봤을 뿐 안타깝게도 실전 경험이 없었다. 그러나 결정해야 했다. '환자 나이 84세… CPR 15분, 맥박도 없고…' 잠깐 생각을 했다.

"Intubation(기관 삽관) 바로 할게요. 세트 주세요!" 반드시 한 번에 성공하리라 마음먹고 비장하게 이야기했다. 왼손에는 환자의 혀와 구조물들을 들어 올리는 낫처럼 생긴 도구를, 오른손엔 삽관 튜브를 들었다.

"시작할게요. 비켜 주세요." 이제 환자에게는 산소가 공급되지 않는다. 빠르게 도구를 입안으로 집어넣었다. 환자의 부은 혀가 힘없이 낫처럼 차가운 도구를 휘감았다. 모형과는 전혀 다른 느낌에 당황했지만, 앞쪽으로 힘껏 들어 올려 관을 넣을 부분을 들어냈다. 성대 사이의 작은 구멍이 보이자마자 그 안으로 튜브를 쭉 집어넣었다.

'제발, 제발.' 속으로 간절히 외쳤다. '쉭, 쉭' 양쪽 청진기에서 폐에서 숨을 쉬고 있다는 소리가 들렸다. 한시름 놓기도 전에 이젠 맥이 돌아올 때까지 CPR을 지속해야 했다. 환자의 가슴 안으로 산소를 밀어 넣으면서 2분마다 가슴 압박을 지속하고 맥박을 확인했다. 약물로, 물리적으로 환자의 심장 하나만을 바라보고 반복한 지 10분이 지났다. 환자의 다리에 있는 큰 동맥을 짚고 있던 내 손가락 끝으로 울컥하는 약하고 느린 맥이 느껴졌다. 심장이 돌아왔다.

"환자 pulse(맥박) 있습니다! 혈압 체크해 주세요!" 크게 소리쳤다. '윙' 하는 소리를 내며 혈압계가 부풀었다. 환자 주변을 둘러싼 의료진 모두가 숨죽인 채 모니터를 보며 결과가 나오길 기다렸다. '60/40', 맥박은 40회를 가리켰다. 언제든지 다시 심장이 멈춰도 이상한 숫자들이 아니었다. 조금이라도 버티기 위해 승압제를 얼른 달고 이제 무엇이 문제였을지 본격적으로 찾기 시작했다.

"X-ray 기사님 불러주시고 EKG(심전도) 가져와 주세요."

환자가 잠깐 검사를 하는 동안 현 상황을 전달하기 위해 울고 있는 보호자에게 갔다. 현재 간신히 버티고 있으며, 약을 쓰고 있지만 언제라도 심장은 다시 멎을 수 있는 상태라고. 그리고 결국 결과가 좋지 않을 것 같다고. 다시 심정지가 왔을 때 어떻게 하길 원하는지도 물어봐야 했다. 의미 없는 소생술을 계속하는 건 돌아가신 환자에게도 좋은 일은 절대 아니기 때문이다. 그러나 보호자는 완고했다.

"안 돼요. 선생님, 제발… 아버지 맑은 공기 쐬어드리고 싶어서 잠깐 나왔었어요. 아직 못 한 말도 많아요. 살려주세요. 제발…"

마음이 찢어지는 듯했다. 요양원에만 계시던 아버지에게 바깥바람을 쐬어드리고 싶었던 효심이 이렇게 생각지도 못한 비극을 불러왔으니, 아들로서 버티지 못할 무게의 죄책감에 짓눌리고 있을 것이 뻔했다. 내가 이런 상황에 처한다 해도 절대 쉽게 결정하지 못할 것이었다.

자리로 돌아와 환자의 폐 사진과 심전도를 봤다. 폐 안쪽은 하얗게 번져 그 형태를 구분하기가 어려웠고, 심전도는 심장이 뛰고 있는 것이 신기할 정도였다. 환자는 만성적으로 적응을 해서 겨우 거동을 할 수 있었을 것이다. 이미 심장이 멎기 전부터 죽음이 코앞에 있었던 것 같았다. 단지 일이 터지기 전까지는 몰랐을 뿐이다. 보호자의 잘못은 더더욱 아니었다. 이런 생각을 하던 중 환자의 혈압이 30으로 툭 떨어지며 맥이 없어졌다. 다시 가슴 압박이 시작되었다. 결정의 순간이 다가오고 있었다.

이제 거의 1시간이 다 되었다. 더 이상의 심폐소생술은 의미가 없었다. 진행하면 할수록 환자의 몸 여기저기가 멍들고 부러져 가족들의 마음만 더 아프게 할 것이 눈에 보였다. 아들 말고도 환자의 가족이 밖에 모인 것이 보였다. 나는 환자의 상태에 관해서 설명하고 DNR(심폐소생거부)을 받기 위해 보호자 6명 모두를 불렀다.

"갑작스러운 상황에 많이 당황하셨을 것이라고 생각합니다. 하지만 환자분 상태에 대해서 아셔야 할 내용이 있어서 말씀드리도록 하겠습니다."

그들에게 환자의 폐, 심장 모두 현재 매우 좋지 않은 상태이며 사실상 CPR을 멈추면 환자는 사망한 상태라는 것을 최대한 담담히 설명했다. 그리고 돌아올 가능성이 거의 없으며 계속 소생술을 지속하는 것은 무의미함을 설명해야 했다. 마음이 무거웠다. 혹시라도 이 상황을 받아들이지 못하는 가족이 있을까 걱정도 되었고, 환자를 살릴 기회를 만들고 싶었지만 쏟아지는 안 좋은 징후들에 더는 할 수 있는 것이 없다는 게 허탈했다.

대표로 아들의 형이 DNR에 서명을 했다. 소생술이 중단되고 가족들이 잠시라도 환자 옆에서 시간을 가질 수 있도록 했다. 사망 선언을 하고 울음을 터뜨리는 가족들을 뒤로한 채 커튼 밖으로 나왔다. 몇 분 후 운구차가 오고 망자와 가족들은 장례식장으로 향했다. 아들은 따로 나에게 와서 감사했다고 허리 숙여 인사를 하고 갔다. 나 역시도 머리를 숙였고 쉽게 들 수 없었다.

그렇게 첫 CPR이 끝났다. 폭포수 같은 허무함이 마음에 쏟아져 내렸다. 난 사람을 살리지 못했다. 누군가의 소중한 아버지이자 남편인, 사랑하는 가족을 이승에서 떼어냈다. 최선을 다했지만 그게 과연 최선이었는지 질문이 끊이지 않았다. 나는 최선을 다했다. 그렇지만 환자는 지금 여기에 없다.

끊임없는 인지 부조화를 느끼며 내가 그토록 되고 싶지 않던 사람이 된 느낌이었다.

어울리지 않는 사람

임상 실습 학생 때의 일이다. 여느 때처럼 언제 오실지 모르는 교수님의 회진을 기다리고 있었다. 기다리는 동안 회진 장부를 어찌나 많이 봤는지 거꾸로도 외울 수 있을 것 같았다. 병동에 앉아 있는 전공의와 간호사들도 나른하게 흐르는 시간에 조금씩 지쳐가고 있었다.

이때 "안 돼!" 하며, 정적을 깨는 어떤 남자의 비명에 가까운 절규가 한 병실에서 들렸다.

그 병실로 의사와 간호사들이 뛰어 들어갔다가 5분도 채 되지 않아 나왔다. 곧이어 가족들의 울음소리가 병동을 가득 채웠다. 다른 방에서 무슨 일인지 궁금해 수액이 달린 폴

대를 끌고 나온 환자들이 기웃거리다가 울음소리를 듣고는 이내 자리로 돌아갔다. 환자 한 분이 돌아가신 것이다. 주치의가 천천히 와 상태를 보고는 담당 교수님에게 전화를 걸었다.

"교수님, 환자분 Expire(사망) 하셨습니다." 어떤 감정도 담기지 않은 담담한 목소리였다.

다행인지 불행인지 환자는 면회 시간에 사망했다. 곧이어 환자의 가족들이 몰려왔다. 가족 중에는 아직은 어린 10살, 8살의 아들들이 있었다. 병실에서 울음소리가 이어지고, 환자의 아내가 병실 밖으로 나와 그동안 감사했다고 인사를 했다. 이 모든 장면을 지켜보면서 수없이 눈물이 나는 것을 참았다. 그러나 흰 천에 덮여 나가는 아버지의 뒤를 따라가며 우는 어린아이들을 보았을 때는 그릇에 물이 넘치듯 눈물이 흐르는 것을 막을 수 없었다.

작은 아이는 엄마의 손을 잡고 울고, 큰아이는 한 걸음 뒤에서 어른들에게 우리 아빠 아파서 어떡하냐고 울먹이며 물었다. 죽음을 크게 아픈 정도로만 생각하는 듯했다. 이제 다시는 아버지를 볼 수 없음을 알게 되었을 때 아이가 느낄 슬픔을 생각하니 나도 아프도록 슬펐다. 모두가 숨죽여 이 가족이 나가는 것을 지켜보았다.

교수님이 오고 계신다는 연락을 받았을 때도 쉽게 슬픔이 진정되지 않았다. 그러다 문득 주변을 둘러보았을 때, 이렇게 슬퍼하고 있는 사람은 나밖에 없다는 사실을 알게 되었다. 모두 컴퓨터를 보며 담담히 자기 할 일을 하고 있었다. 순식간에 내가 외부인이 된 것 같은 느낌이 들었다. 같이 있던 동기는 내가 이상하다는 듯 보고 있었다.

내가 잘못된 것일까? 의료인이라면 이런 상황에 공감조차 하면 안 되는 것일까? 의사는 흔히들 감정을 드러내서는 안 된다고 한다. 정확하고 이성적인 판단을 내려야 하기 때문이다. 앞으로 마주하게 될 상황에 나는 감정이 생길 수밖에 없을 것 같은데, 의사가 될 자격이 없는 사람인지 걱정이 되었다. 그러나 한편으로는 눈물도 없는 사람이 어떻게 사람을 돌볼 수 있을까 생각이 들었다. 무엇이 옳은 것일까. 사람의 생명을 다루는 것이 단지 일이 되어버린 사람은 되기 싫었다. 눈물이 마른 사람이 되면 안 된다. 마음속으로는 환자의 아픔에 공감하되 눈물을 흘리지 않을 수 있는 의사가 되어야 한다고 생각했다. 어려운 질문의 정답을 의사라는 역할을 수행하는 내내 찾아보자고 다짐했다.

전하지 못한 위로

모든 판단을 혼자 해야 하는 일은 정말 외롭다. 특히나 내 판단에 한 사람의 생명이 달려 있을 땐 기적이라도 일어나길 마음 깊이 바라게 된다. 새벽 5시. 또다시 터진 병동 CPR에 당직실에서 환자가 있는 곳까지 미친 듯이 뛰어갔다. 주치의들은 모두 퇴근한 밤 당직을 서던 중 일어난 일이기 때문에 환자가 어디가 아픈지, 어떤 치료를 받는지는 고사하고 이름조차 모르는 상황이었다. 환자는 커튼으로 둘러싸여 있고 간호사들은 이미 심장 마사지를 시작했다.

어서 정신을 차리고 내 할 일에 최선을 다했다. 약한 맥을 살리고자 약을 썼다. "3, 2, 1 클리어!" 외치며, 제세동기를 양손으로 붙잡고 전기충격을 가했다. 환자의 몸이 들썩 움직였다. 들썩임이 반복될 때마다 기적을 바라는 기도를 반복했다. 그러나 계속해서 떨어지는 혈압과 맥은 이 환자도 DNR을 받아야 함을 본능적으로 느끼게 했다. 결국 또 한 명의 환자를 내 이름을 달아 하늘로 보냈다.

환자 옆에서 울고 있는 가족들을 뒤로하고 가운을 챙겨 터벅터벅 병원 밖으로 향했다. 깜깜한 새벽을 지나 어느덧 해가 떠서 밝은 아침이었다. 문을 여니 따뜻한 햇살이 밖을 밝히고 있었다. 시골의 맑은 아침 공기가 느껴졌다. 나무는 초여름을 가득 머금어 싱그러운 초록빛을 뿜내고, 그 사이로 부는 미풍은 나뭇잎 비비는 소리로 노래를 불렀다. 분주한 모습으로 병원으로 출근하는 많은 사람들이 활기찬 아침을 만들어 내고 있었다.

'정말 이래도 되는 걸까?' 저 안에서는 한 사람이 세상을 떠나고 목이 닳도록 울며 슬퍼하는 가족들이 있는데, 밖은 이렇게 그림처럼 아름다워도 될까 원망스러웠다. 내가 지켜내지 못한 것은 아닐지 생각이 들자 죄책감이 몰려왔다. 약을 좀 더 썼어야 했을까? 좀 더 세게 눌렀어야 했을까? 온갖 생각이 머릿속을 채우며 나를 괴롭게 했다. 환자가 이 아침을 누리지 못한 것이 모두 내 책임인 것처럼 느껴졌다.

새로운 하루가 시작되자 다시 핸드폰이 아침을 맞은 환자들에 대한 일로 울리기 시작했다. 마음을 다 추스르지 못한 채 다시 병원으로 들어섰다. 복도를 지나자 환자의 가족들이 의자에 앉아 울고 있는 모습이 보였다. 그들에게 위로의 말을 건네야 할지, 그냥 지나쳐야 할지 고민이 되었다. 천천히 다가갔지만, 도저히 용기가 나지 않아 결국 말 한마디 하지 못했다.

환자를 떠나보낼 때마다 가족들에게 위로를 건네는 것이 좋은 것인지 아닌지 아직도 잘 모르겠다. 어떤 사람들은 그 순간에 의사가 하는 말이 환자의 가족들에게는 변명 같아 보이니 얼굴을 마주하지도 말라고 한다. 의학적으로 최선을 다했더라도 마음속에는 죄책감이 남는다. 어쩌면 그 죄책감을 덜기 위해 인사를 하고 싶었는지도 모른다. 그러나 다시 이때로 돌아간다면, 비겁하게 지나치지 않고 죄송하다는 말과 위로의 말을 꼭 전하고 싶다.

주치의 노트

Hospital day 1

70세 남자가 내과로 입원했다. 뇌졸중을 앓은 과거력으로 사지를 전혀 움직이지 못하는 환자다. 내원 2일 전부터 39.2도로 열이 나고, 소변을 보지 못하여 병원에 왔다. 환자는 많이 힘들어하고 있었다. 고열로 몸을 덜덜 떨고 있고, 아랫배는 불룩하게 나와 있었다. 해열제를 투여하고 차 있던 소변을 빼기 위해 소변줄을 삽입했다. 환자는 배가 편안해지자 조금은 살 것 같다는 표정이다. 임상 양상이 급성 신우신염으로 보인다. 항생제 치료를 하면 금방 좋아지실 것 같다. 주치의라고 소개하니 환자가 눈 깜박임으로 인사를 했다. 다행히 의사소통은 될 것 같다. 일주일이면 퇴원하실 것 같다.

Hospital day 2 (낮)

아침 6시. 출근하자마자 간호사 선생님이 다급하게 나를
찾았다. 환자가 밤사이 열이 40도로 오르고 조절되지 않아
당직 전공의 선생님이 고생했다고 한다. 온몸에 얼음팩을 갖
다 붙여 놓아 달라고 했다. 신장의 상태가 나빠서 강력한 해
열제를 쓰기도 불안하다. 손을 대보니 환자의 몸이 불덩이
같다. 신우신염 말고 다른 원인이 있을지도 모른다. 빨리 검
사를 해 봐야겠다.

Hospital day 3 (새벽)

갑자기 환자가 몸을 부르르 떨고 산소 포화도 79%, 혈압
90대로 떨어지면서 붙여 놓았던 심전도에서 V-tach(심정지가
임박한 심각한 부정맥)이 관찰되었다. 환자를 처치실로 빠르게
옮기고 코드블루 방송을 냈다. 내가 이름을 부르자 환자는
눈을 깜빡이며 알아듣고 있음을 알렸다. 다행히 아직 의식
이 있는 것이다. 순식간에 달려온 10명 정도의 의사가 모여
환자를 보았다. 심전도에 지속적으로 V-tach이 지나간다. 맥
박이 없어지면 바로 심장마사지를 시작해야 한다. 모두가 숨

죽여 화면만을 바라봤다. 다행히 시간이 지나니 정상 심전도로 돌아왔다. 그냥 지켜만 봐도 될 것 같던 환자가 단숨에 관심 환자가 되었다. 언제 다시 이런 일이 일어날지 모른다. 잠이 오지 않는다.

Hospital day 4

새벽에 마치 아무 일도 일어나지 않은 듯 환자는 하루 내내 비교적 평안했다. 열은 40도에서 조금씩 내려가는 듯 보였다. 환자도 컨디션이 괜찮다며 눈을 깜빡이며 의사를 전했다. 드디어 마음이 조금 놓인다. 다시 회복할 일만 남았다는 생각이 든다. 살펴볼 검사가 많다.

Hospital day 5

환자의 CT에서 DVT(깊은 정맥 혈전증)가 있다는 영상의학과 판독이 달렸다. 자세히 살펴보니 양쪽 다리에서 올라오는 큰 정맥을 가로막고 있는 혈전이 있다. 저 혈전이 떨어져 어디론가 날아가다 폐, 심장으로 가는 혈관을 막을 수도 있었다. 심장내과 교수님께 얼른 의뢰를 드리고 혈전을 녹이는 약을 썼다. 딱 혈전을 녹일 정도로만 약을 써야 한다. 더 높아지면 어디선가 출혈이 날 것이고, 효과가 미미하면 약을 먹는 의미가 없을 것이다. 신장에는 괜찮을까 걱정이다. 하나를 해결하기도 전에 먼저 해결할 다른 문제들이 쌓여간다. 마음이 답답해진다.

보호자 면담에서 환자의 혈관 상태가 좋지 않으며 언제라도 이틀 전과 같은 상황이 일어날 수 있다고 솔직하게 이야기했다. 환자는 병원에 오기 전까지 앉아 있을 정도의 기력은 있었다고 한다. 내가 다시 환자를 그렇게 만들 수 있을까? 잘 모르겠다. 환자의 아들이 잘 부탁한다고 말한다. 자신은 없지만 최선을 다할 것이다. 오늘 바꾼 항생제가 잘 들었으면 좋겠다.

Hospital day 6

열이 떨어진다. 혈액 검사에서도 혈전이 더 생기지 않도록 목표 수치에 잘 맞았다. 한시름 놓을 수 있을 것 같다. 그동안 못했던 다른 일들에 손을 대었다. 교수님이 주신 논문도 읽고 발표 준비도 한다. 언제나 밝게 눈인사를 해주는 환자의 표정도 더 밝게 느껴진다. 마음이 가볍다.

Hospital day 9

환자가 비위관을 통해 식사만 하면 가래가 끓고 기침을 한다. 역시나 폐가 깨끗하지 않다. Aspiration pneumonia(흡인성 폐렴)이 의심된다. 산소 포화도가 다시 떨어지고 잡히던 열이 치솟기 시작했다. 항생제를 더 강한 것으로 교체했다. 환자는 눈도 겨우 뜨는 듯하다. 느낌이 좋지 않다. 수시로 가서 환자를 확인하고 변화를 관찰했다. 약을 쓰고 기다리는 것 말고는 방법이 없지만, 자주 환자에게로 가서 마음으로나마 함께하고 싶었다. 환자의 부인이 몰래 나에게로 와서 말했다. 돌아가실 것 같으면 미리 이야기만 해달라고. 가족들에게 이별을 준비할 시간만 달라고.

Hospital day 11

열이 해결되지 않고 가래 양이 너무 많아졌다. 옆에서 계속 뽑아주지 않으면 숨을 쉴 수 없는 정도다. 강제로 산소를 밀어 넣어야 했다. 중환자실에서 기계를 빌려와 달았다. 감염 내과에서도 왜 열이 잡히지 않는지 모르겠다는 듯, 협진에 답이 달리지 않는다. 환자는 희미해진 의식을 간신히 붙잡고 있는 듯하다. 가족들에게 마음의 준비를 해야 할 것 같다고 이성적인 말투로 이야기했다. 아내분이 편하게만 해달라고 울며 부탁한다. 더 이상 방법이 없다. DNR에 서명을 했다. 설명하다 나도 모르게 눈물이 고여 눈가를 훔쳤다. 창피하다. 보호자 앞에서 감정적으로 흔들리다니……

Hospital day 12

감염내과 선생님에게 연락이 왔다. 뇌출혈로 인한 열일 수 있으니 빠르게 CT검사를 해 보라고 하셨다. 아뿔싸, 피를 묽게 하는 약이 뇌혈관을 건드렸을 수도 있겠다는 생각이 들었다. 약물이 적정농도인데도 불구하고 나타날 수 있다는 것이다. 보호자에게 가서 응급 CT 촬영이 필요할 수 있다고 설명했다. 그러나 보호자들은 검사를 거부했다. 이젠 보내드리고 싶다고, 더 이상 고통스러운 검사나 처치는 하고 싶지 않다고 말이다.

Hospital day 14 (새벽)

환자의 생체 징후가 점차 떨어지더니 아무것도 모니터에 나타나지 않는다. 적극적으로 열을 떨어트리고 그동안 쓰지 못했던 통증 조절제를 썼다. 환자는 조금은 편안해진 표정으로 떠나셨다. 교수님과 이야기를 했다. 하루에도 몇 번씩 환자를 확인하고, 교수님도 직접 오셔서 환자를 보고, 모든 노력을 했지만 소용이 없었다.

"김 선생, 선생이 잘못해서 그런 것 아니니 자책은 하지 말아요. 이번 일을 교훈 삼아서 앞으로도 열심히 공부하고 열심히 환자보고 해주세요. 고생했어요."

퇴근 후 진탕 술을 마셨다. 잊히지 않을 듯하다.

내가 하는
첫 수술

많은 사람이 잘 모르고 있는 사실이지만, 이비인후과는 수술을 하는 과다. 학회에서 인정하는 우리의 정식 명칭은 이비인후두경부외과이다. 알기 쉽게 표현을 하기 위해 생략한 글자에 많은 일이 숨겨져 있다. 나는 귀, 코, 목을 보는, 손가락 하나 굵기의 숨길을 수술하는 의사다.

수술은 의사 혼자 할 수 있는 것이 거의 없다. 집도의, 어시스트를 하는 의사들 그리고 흔히 scrub nurse라 부르는 수술 담당 간호사가 필요하다. 여지껏 많은 수술에 2nd, 3rd 어시스트로 들어가 당기고, 붙잡는 일을 하였다. 시간이 지나 이제 어떤 수술들에서는 가장 중요한 칼을 손에 쥐게 되었다. 내가 하는 첫 수술은 'Tracheostomy', 기관 절개술이었다.

기관 절개가 필요한 상황은 여러 가지다. 상부 호흡기에 급성 폐쇄가 생겨 당장 다른 길로 숨길을 돌려야 할 경우, 코 또는 입을 통해 숨길로 들어가 있는 튜브를 오래 유지해야 하는 상황으로 폐렴이 생길 가능성이 높은 경우 등이다. 나는 비교적 응급하지 않은 후자의 경우의 환자를 수술하게 되었다. 위급하지 않지만, 환자는 작은 튜브 하나에 의존하여 숨을 쉬고 있기에 내가 이 수술에 실패하면, 환자는 단 5분 안에 숨을 못 쉬어 죽을 수 있다. 그렇기에 첫 집도의가 되기 전에 그렇게 많은 어시스트와 마지막으로 수술에 대해 공부하고, 발표까지 한 뒤 칼을 쥐었다.

드디어 그날이 왔다. 나는 위 연차 선생님들과 함께 장비를 챙겨 중환자실로 향했다. 가슴이 뛰거나 긴장되지 않도록 감정을 다스렸다. 돌발 상황이 닥쳤을 때 몇 초 이내에 옳은 결정을 내리려면 잠깐 감정 없는 로봇이 되어야 했다.

중환자실에 할아버지 한 분이 누워 계셨다. 폐렴으로 전신상태가 나빠져 기관 삽관을 한 채 인공호흡기를 달고 누워 계셨다. 심장병도 앓고 있어 피를 묽게 하는 약까지 먹고 있다고 했다. '수술하며 피가 많이 나겠구나.' 조심스럽게 예측을 하며 환자를 이리저리 살폈다.

목을 길게 펴는 것이 성공적인 수술의 핵심이다. 할아버지의 어깨 아래에 여러 장의 포를 넣어 목이 일직선으로 쭉 펴지게 했다. 자세가 힘든지 표정이 일그러졌다. 그러나 나에겐 아무것도 들어오지 않았다. 나와 내 어시스트를 서주는 선생님도 말이 없다. 오직 수술을 성공해야 한다는 생각뿐이었다. 절개할 부위와 그 주변으로 소독약을 바르고 수술포를 덮고, 무균적으로 가운을 입었다.

"환자 Sedation(진정제) 주세요. Mida 3mg, keta 20 쓰겠습니다."

수술 전 할아버지를 재우는 약이 들어갔다. 숨소리가 진정이 되며, 수술이 시작되었다.

내 손에는 메스가 들려 있고, 머리에 쓴 헤드라이트는 정확히 내가 갈라야 할 부분을 비추고 있었다.

"시작하겠습니다."

주저 없이 목에 칼을 대고, 미리 그어놓은 선을 따라 4cm 선을 그었다. 날카로운 칼날에 피부가 포도 껍질 열리듯 갈라졌다. 손에 느껴지는 모든 감각이 생애 처음 느껴보는 자극이었다. 그러나 환자가 깨기 전 성공시켜야 했기에 칼날의 날카로움에, 피부 사이로 흘러나오는 피에 감탄도 놀라움도 느낄 새가 없었다. 그저 전기 소작기로 바꿔 집어 피가 나는 혈관들을 지지며, 다시 칼을 잡아 밑으로, 밑으로 파고 내려갔다. 피부 아래의 지방층들을 겹겹이 갈라가며 앞 목을 덮는 근육을 맞이했다.

"Mosquitio(수술 도구 중 하나) 주세요."

수술 도구를 바꾸었다. 이제 본격적으로 피가 더 날 수 있다. 시간이 얼마나 지났는지 전혀 감이 오지 않았다. 어쨌든 서둘러야 했다. 주저하지 않고 근육의 가운데라고 생각했던 부분을 갈랐다. 묽은 피 탓에 깊어지면 깊어질수록 지혈되지 못한 피가 우물에 물 차오르듯 시야를 가렸다. 윗부분은 4cm나 갈랐지만 아래로 내려갈수록 필드가 좁아져 1.5cm x 1.5cm 정도밖에 되지 않는 듯하다. 피로 가려져 아무것도 보이지 않으니 뭐가 근육이고 뭐가 지방인지 구별이 가지 않았다. 처음으로 멘탈이 흔들리기 시작했다. 그러나 곧이어 짧은 순간에 이럴 때 교수님과 선배들이 어떻게 대처했는지 전기가 번쩍하고 통하듯 떠올랐다. '당황하지 않는 것.' 그것이 지금 이 할아버지의 생명을 쥐고 있는 내가 할 수 있는 일이었다.

지혈 거즈를 이용해 피가 나는 곳을 누르고 눌러도 터져 나오는 피를 빠른 속도로 미친 듯이 지졌다. 그리고 다시 근육을 가르며 내가 보고 싶은 기도를 향해 칼을 움직였다. 빨간 근육의 결 사이로 조금 다른 질감의 원통이 보였다. 직감적으로 알았다. 저것이 기관이다. 첫 집도 때 다른 방향으로 파고들어 기관을 찾지 못하는 일이 다반사라고 들었기에 타 깃을 발견했을 때 하나의 산을 넘어간 듯한 안도감이 들었 다. 이제 다음 과제를 맞이해야 할 차례였다. 잘 뚫어야 했다.

어디를 뚫느냐에 따라 환자가 숨을 잘 쉴 수도, 못 쉴 수 도 있었다. 구멍이 잘못 뚫리면 숨 쉬자고 했던 수술로 인해 기도가 좁아져 안 하느니만 못한 수술이 될 수 있었다. 손가 락을 목 안으로 깊이 집어넣어 기도 바깥쪽을 천천히 만지 며 뚫을 위치를 파악했다.

'여기가 Cricoid cartialge(기도는 연골과 얇은 막 성분으로 이 루어져 있으며, 반지 형태의 연골들에 이름이 있다.) 여기가 1st ring 쯤 되겠구나.' 하지만 자신이 없었다. 위 연차 선생님께 자문 을 구했다. 같이 원통을 만지며 정확한 위치를 상의했다.

"오케이, 여기다 합시다. 이제 시간이 없어요."

"인튜베이션 튜브 뺄 준비 해주세요!"

재빨리 칼을 다른 종류로 바꿨다. 직각삼각형의 뾰족한

하나뿐인 관에 네모난 창을 만들어 내었다. 이제 환자는 이곳으로만 숨 쉴 수 있다. 아래서부터 있던 깊은 가래가 피와 섞여 환자의 기침과 함께 튀었다. 내 오른손엔 어느새 창 안에 넣을 기관 내 튜브가 들려있었다. 환자가 숨을 못 쉬고 있는 상태였다. 한 번에 넣어야만 했다. 빠르게 튜브의 뾰족한 끝을 창에 넣었다. 잘 들어갔나 확인을 하기 위해 진공 흡입기를 살짝 넣어 보았다. 그러나 들어가지 않았다. 내가 낸 구멍 안으로 안착하지 못한 것이 분명했다. 다행히 환자 산소 수치가 조금 떨어졌을 뿐 아직 버틸 수 있었다.

멘탈이 두 번째로 흔들렸다. 다리 끝부터 겁이 나는 것이 느껴졌다. '이렇게 첫 수술을 실패하면 나는 의사를 그만둬야겠다.' 하는 생각이 들었다. 그 사이 손은 기계적으로 다시 창 안으로 튜브를 집어 넣었다. '딸깍' 이번엔 손끝에 느껴지는 감각부터 달랐다. 손목에 힘을 줘 안으로 푹 집어넣었다. 순간 참아왔던 기침이 터지듯 내가 넣은 튜브를 통해 환자가 가래를 뱉어냈다. 성공이었다. 튜브를 안정적으로 유지하기 위해 세팅을 하고 피부에 봉합하여 튜브를 고정했다.

"처음치고 아주 잘했어! 몇 번만 하면 이제 나 없어도 되겠네. 하하. 마무리하고 와~."

"감사합니다!"

수술을 정리하고 수술 부위를 소독하며 살폈다. 튜브의 위치는 제대로 되어 있는지, 지혈이 안 되고 피가 계속 흐르는 부위가 있는지 여기저기 살피며 내가 정말 성공했는지 확인했다. 할아버지는 이제 답답했던 본인의 숨길이 아닌 내가 만들어준 새로운 길로 편히 숨을 쉬고 있었다. 성공이 맞는 것 같았다. 그제야 미뤄뒀던 호르몬의 반응들이 몸을 덮쳤다. 엄청난 양의 아드레날린인 것 같았다. 양손이 가만히 있는데 벌벌 떨리고 힘이 잘 들어가지 않았다. 두려움도 한꺼번에 올라와 혹시나 하는 마음에 할아버지 옆을 떠나지 못했다. 주변에서 보면 기껏 수술 다 하고 왜 저러나 싶기도 했을 것이다.

장비를 다시 챙겨 돌아오는 길에 아드레날린이 줬던 겁은

약간의 흥분과 뿌듯함으로 바뀌었다. 비록 한 번의 경험이지만 드디어 내가 내 손으로 무언가를 할 수 있다는 느낌이 이렇게 좋은 것이구나 느꼈다. 수술에 중독되는 것을 조심해야 한다는 교수님들이 말이 이제야 와닿았다. 그 짧은 시간 동안 평생 경험해보지 못한 엄청난 농도의 두려움, 흥분, 좌절, 쾌감이 모두 느껴졌다. 잠자리에 들기 전 내가 했던 일을 복기했다. 그리고 다시 일어나 수술 교과서를 폈다. 의사가 경험에만 의존하면 사고를 친다고 했다. 내 경험은 이 책 어디에 기록이 되어있을까 공부하며 밤을 지새웠다.

마지막 인사

친할아버지가 돌아가시기 이틀 전 심장 중환자실. 신기하게도 할아버지는 그날따라 기운이 좀 나셨는지 모든 가족을 다 보고 내 손을 힘을 줘 꼭 잡아주기도 하셨다. 가시기 전 마지막 인사를 하고 싶으셨던 것일까. 혹여 회복하시지는 않을까 하는 우리의 희망과는 다르게 하루 만에 할아버지는 작별을 고하셨다. 내가 겪어본 다른 환자들도 떠나기 전 마지막 인사를 하고 가시는 분들이 있었다. 꼭 전하고 싶은 말이 있어 마지막 기운을 내시는 것 같다.

설암. 혀에 생기는 암이다. 위암, 간암 같은 말은 들어봤어도 혀에 암이 생긴다는 말은 생소할지도 모른다. 설암은 매섭

게 자라고 그만큼 그 예후가 좋지 않다. 충분히 잘라내고 방사선을 때리고, 항암으로 폭격을 가해도 다시 슬며시 고개를 든다. 한 달이면 2배 이상 커져 몸을 갉아 먹는다. 두경부의 암은 특히나 환자를 끈질기게 괴롭히기에 옆 사람도, 치료하는 의사도 모두 괴롭게 한다.

한 환자의 주치의가 되었다. 설암을 진단받고, 치료를 거부해 수술할 시기를 놓쳐 온몸에 전이가 된 환자였다. 현재 임상 시험 중인 항암치료까지 받았지만, 계속해서 암이 자라나 더 이상 입으로 먹고 숨을 쉴 수조차 없는 상태까지 되었다. 암은 살을 갉아먹어 입과 턱을 뚫어 놓았고, 물을 마시면 턱 아래로 물이 새어 나왔다. 혈관으로 주사제를 맞고 버티는 것 말고는 방법이 없었다. 다음 치료라도 혹시 효과가 있을까 기대하며, 그전까지 입원하여 잠깐 기운을 다시 차린 후 퇴원하기로 하였다.

암은 anigogenesis(혈관신생)이라는 다른 세포들은 갖지 못한 능력을 갖고 있다. 자기 스스로 혈관을 만들어 버려, 영양도 뺏어 오고 피도 나게 한다. 마구잡이로 생겨난 혈관에서 나는 피는 지혈도 잘 되지 않는다. 이 환자도 역시 가끔 혀에서 피를 흘렸다. 그럴 때면 지혈 가글을 해 잠깐의 고비를 넘기고는 했다. 문제는 이런 증상이 조금씩 자주 반복되었다는 것이다. 소량의 출혈은 곧 있을 대량의 출혈의 전조 증상일 수 있다. 죽음이 임박해 오고 있었다. 매일 아침저녁으로 보는 환자의 얼굴은 점차 야위어 갔다. 밝았던 얼굴에 점점 그늘이 져갔다. 버티는 시간이 길어질수록 감당해야 할 고통도 같이 늘어갔다.

환자가 입원한 지 2주째, 병원비가 너무 많이 나왔다며 나에게 불평을 늘어놓았다. 초보 의사의 실수일까. 약 하나하나, 수액 하나하나 환자에게 필요하다고 생각하면 나는 거침없이 오더를 내려왔다. 어떤 약을 주든 나에게 돌아오는 것은 하나도 없기에 어떤 약품이 얼마를 하는지 그동안 전혀 알지 못했다. 그날 약값을 읽었다. '왜 이건 보험이 안 되는 걸까?' 치료에 필요한 약이지만 맞을 수 없다는 환자의 말을 무시할 수는 없었다. 돈 계산도 잘하는 의사여야 좋은 의사일까? 의학적인 것 말고 환자가 낼 수 있는 돈에 맞춰 처방을 해야 하는 게 과연 맞는 것일까?

평일 5시, 외래 진료를 끝마칠 즈음 병동에서 전화가 왔다. 환자가 입에서 피를 왈칵 쏟았으니 빨리 와달라는 내용이었다. 목소리에서 다급함이 느껴졌다. 엘리베이터를 이용할 틈도 없이 계단을 달려 올라갔다. 먼저 도착한 다른 선생님이 지혈 거즈를 환자의 입에 넣은 채 처치실로 옮기고 있었다. 한 번 터져 나온 피는 나갈 길을 제대로 잡았는지, 환자는 5분도 되지 않아 큰 생수병 한 통 이상의 피를 토해냈다. 순식간에 환자의 의식이 몽롱해지는 게 보였고, 옆에 있던 어머니는 아들의 죽음이 임박한 순간을 보고 연신 사랑한다고 외치며 울부짖었다. 의사 6명이 모여 처치를 시작했다. 입 안에서 터져 나오는 피를 흡입해 빼내며 터진 부위를 찾으려 애썼다. 나는 환자의 머리맡에 서서 손가락에 지혈 거즈를 감고 입안 깊숙이 혈관이 터진 부위를 넣어서 눌렀다. 다른 선생님들은 Hypovolemic shock(저혈량성 쇼크)를 막기 위해 고군분투하며, 응급 수술을 위해 마취과에 연락을 하는 등 아수라장이 펼쳐졌다.

당장 지혈만 되어도 적어도 가족들과 마지막 인사를 나눌 시간은 벌어줄 수 있었다. 수술복으로 갈아입을 시간도 없었다. 나와 다른 선생님들은 환자 입안에 손가락을 넣은 채로 침대를 옮겨 그대로 수술방 안으로 밀고 들어갔다.

수액을 통해 하얀 마취제가 혈관으로 들어가고, 환자의 몽롱하던 정신마저 잠재워 버렸다. 교수님이 들어오시고 출혈을 막기 위한 수술이 시작되었다. 혈관은 한두 개가 문제가 된 것이 아니었다. 아무리 지혈제를 발라도 피는 터져 나왔다. 혈관중재술이 필요하다고 판단되었다. 환자는 마취된 채로 영상의학과로 옮겨져 혈관의 뿌리를 막아버리는 시술을 받게 되었다. 오후 5시에 시작된 처치는 새벽 1시가 되어서야 마무리가 되었다.

환자는 중환자실에서 눈을 떴다. 내 손을 잡으며 눈물을 흘렸다. 이 사람에게 내가 도대체 해줄 수 있는 것이 뭘까. 고통이 없도록 마약성 진통제를 주는 것? 괜찮은지 계속 옆에서 손을 잡고 물어주는 것? 그리고 나보다 전문성을 가진 호스피스를 연결해 인간다운 죽음을 맞을 수 있게 해주는 것뿐이었다. 호스피스를 받을 수 있도록 전과가 된 후에도 나는 계속 환자를 보러 갔다. 이비인후과적으로 해줄 수 있는 것은 없는지 살피고, 혹시나 불편한 게 있는지 계속 물었다. 허리를 다쳐 휠체어를 타고서라도 환자를 보러 갔다. 본인보다 내가 괜찮냐고 걱정스러운 얼굴로 묻는 환자의 순수함이 더 이상 해줄 수 있는 것이 없는 나를 더욱 미안하게 했다.

환자는 갑자기 떠나갔다. 안쪽으로 피가 터졌는지 갑자기 의식이 없어지고 안 좋아졌다고 했다. 보호자들은 더 이상의 처치를 원하지 않았다고 전해 들었다. 나는 수술방에서 다른 선생님을 통해 환자가 하늘로 갔다는 것을 들었다. 환자는 마지막 순간 나를 찾았다고 했다. 둥그렇게 생긴 선생님 어디 있느냐며 손짓으로 표현하며……. 무슨 말이 하고 싶었을까. 나를 향한 원망일까 두려웠다. 적어도 미움은 아니었으면 좋겠다. 눈앞의 수술이 손에 잘 잡히지 않았다. 마지막 순간에 서로 인사를 나누지 못한 아쉬움이 계속 가슴에 남았다. 하늘에서는 부디 세상에서 받은 모든 고통은 없기를 진심으로 기도했다. "정신 안 차려?" 교수님의 호통 다시 다음 환자에 집중했다. 마음에 또 짐을 하나 얹고, 머리로는 모든 감정이 해결된 척 연기하며.

의사면허를 취득한 지 어느덧 3년 차를 향해가고 있다. 병원에도 매년 3월은 찾아왔고 지금은 어느새 내가 3월의 인턴에게 응급실 환자의 노티를 받고 있다. 벌벌 떨리는 목소리, 알 수 없는 내용의 전화가 처음의 나를 계속 떠오르게 했다. 글을 쓰지 않았다면 똑같았던 나의 모습을 잊어버렸을지 모른다. 하루 종일 일하고 새벽 3시에 겨우 잠든 잠을 깨우는 전화는 울리는 순간부터 화를 돋우지만, 인턴 시절의 기억은 다시 차분히 전화를 받게 만들었다.

이제 모든 힘들었던 기억들이 다 남아있지는 않다. 시간이 지나니 고통은 잊혀지고 추억처럼 남은 일들도 있다. 그러나 확실히 남아 있는 것은 스트레스로 무너지려 할 때 내가 어떤 사람인지 재정의를 내렸던 일이다. 일에 치여 나를 잃어 버리게 되면 탈이 나는 것 같다. 힘든 일을 시작하기 전에는 내가 왜 이 일을 해야 하는가, 버텨야 하는가, 내 역할은 무엇 인가에 대해 생각해보고 접근하는 것이 좋을 것 같다. 이 책 을 읽으신 분들은 이런 준비를 하면 좋겠다.

우리 사회는 0년 차의 고민과 고통을 나도 겪었으니 당연 한 것이라고 생각하는 것 같다. 그런 아픔이 없다면 성장할 수 없다고, 힘내라는 말도 아끼는 모습을 많이 보았다. 하지 만 내 생각은 조금 다르다. 내가 겪었던 모든 힘듦을 같은 양 으로 다시 겪어야만 성장을 할 수 있는 것일까? 나보다 아픔 은 적게 느껴도 최소한 같은 만큼 성장할 수 있도록 해야 발 전한 사회가 되지 않을까?

지금의 나는 또 새로운 문제와 딜레마에 맞서며 환자를 마주하고 있다. 끝나지 않는 등산길인 것 같다. 그러나 확실 한 것은 오르면 오를수록 두꺼워지는 다리는 같은 경사라면 훨씬 수월하게 길을 오르게 한다는 것이다. 본인의 길을 정했다면 이 글을 읽는 독자들은 해볼 수 있는 곳까지 성장했을 미래의 자신을 보며 한 걸음씩 나아가면 좋겠다. 이 책이 그 방향에 조금은 도움이 되었길 바란다.